행운 당고의 비밀

글 김현주

그림 이준선

먹지

차례

뜻밖의 외출

차가운 봄바람이 불었다.

단발머리 동희는 목을 움츠리며 종종 걸음을 쳤다. 앞서 가는 아버지가 얼른 따라오라고 손짓을 했기 때문이다. 헐떡거리는 고무신을 끌다시피 걸어 길바닥에 흙먼지가 뽀얗게 일었다. 동희의 무명치마 아래로 색동버선이 언뜻 보였다.

아버지 옆으로 겨우 따라붙은 동희가 물었다.

"후우, 아버지 우리 어디 가요?"

"……."

동희가 연거푸 물어도 아버지는 앞만 보고 걸었다.

어디를 가는 걸까. 동네를 벗어나 본 적 없는 동희는 뜻밖의 외출에 들뜨면서도 찜찜했다.

수원역에서 아버지와 기차에 올라탄 동희는 사람들 틈에 끼어 앉자마자 까무룩 잠이 들었다. 컴컴한 밤이 되어 둥근 모자 모양의 역에 내린 동희와 아버지는 전차로 갈아탔다. 그러고는 한참을 달려 사람들로 붐비는 거리에 발을 디뎠다.

높고 큰 문으로 들어가면서 동희는 아버지 손을 잡았다. 꾸역꾸역 몰려드는 사람들에 떠밀려 아버지를 놓칠까 겁이 났기 때문이다. 아버지도 긴장을 했는지 손바닥이 서늘하고 축축했다.

큰 문을 지나 들어선 곳은 대낮처럼 밝았다. 나무와 나무 사이의 줄에 걸린 전등에서 빛이 쏟아졌다. 눈을 가늘게 뜬 동희가 나무를 올려다보았다. 크고 탐스러운 벚꽃들이 확대경을 댄 듯 또렷해 보였다.

"히야, 이쁘다!"

수천 송이 벚꽃에 정신이 팔린 동희는 보통학교 선생님 말이 가물가물 떠올랐다.

"여기가 창경원. 음, 코끼리랑 공작새도 있다는… 그럼 우리 경성에 온 거예요?"

아버지가 동희를 내려다보며 고개를 끄덕였다.

"창경원[1]에 왔으니 경성이 맞다. 동물원은 저쪽에 있지만 밤이라… 동희 너 말이다."

동희는 착 가라앉은 아버지 목소리에 귀를 기울였지만, 아버지는 헛기침만 큼, 흠 하고 말을 잇지 못했다. 그러면서 누구를 찾는지 두리번거렸다.

"아버지 왜요?"

"너 말이다. 흠, 흐흠."

헛기침만 하던 아버지가 변소에 다녀오겠다며 손을 놓았다. 동희는 재빨리 아버지 양복 윗도리를 잡았다.

"저도 데려가요. 이렇게 사람들이 많은데 아버지가 절 못 찾으면 어떡해요?"

"못 찾긴! 여기 꼼짝 말고 있어야 해."

동희는 양복자락을 슬그머니 놓았다. 그러고는 아버지의 싸늘하고 무서운 표정을 피해 얼굴을 돌렸다.

아버지도 머쓱한지 주머니를 뒤져 동희에게 눈깔사탕을 주었다. 동희는 새알만 한 눈깔사탕을 츱츱 빨아먹었다.

---

1   조선시대 궁궐인 창경궁을 일본이 식민 통치를 하며 일부 전각을 없애 벚나무를 심고 동물원과 식물원을 들여 놀이공간으로 만들었다. 벚꽃이 피는 봄에는 야간 개장을 했다.

왕벚나무 아래 앉아 우물거리자, 향긋하고 달달한 맛이 입안을 감싸고 돌았다. 아버지한테 느꼈던 서운함마저 스르르 녹는 듯했다. 멀어져가는 아버지를 눈으로 좇다 천천히 다른 곳으로 눈길을 돌렸다.

모자를 쓴 멋쟁이 모던걸² 옆으로 기모노를 입은 일본 여자들이 지나갔다. 기모노 여자의 동동걸음을 흉내내며 따라 걷는 아이들 모습이 우스웠다. 치마저고리에 뾰족구두를 신은 여자, 두루마기 차림에 중절모자를 쓴 할아버지, 고리버들망태를 멘 넝마주이까지 사람들로 바글바글한 창경원을 둘러보다 일어서 엉덩이를 털었다. 콩알만큼 작아진 눈깔사탕을 와작와작 깨물어먹으며 아버지 모습을 찾느라 고개를 쭉 뺐다.

"이쪽, 아니 저쪽으로 가셨나. 왜 안 오시지."

"흐흐. 창경원 구경에 정신없구나."

동희는 갑자기 나타난 요시다 때문에 깜짝 놀라 뒷걸음질을 쳤다.

"어? 아저씨가 여기 웬일로."

---

2 1920~30년대 서양 멋쟁이의 머리모양이나 옷차림을 따라한 여성을 말한다.

"아버지 찾는 중이지? 아버지 있는 데로 갈까?"

동희는 요시다가 내미는 손을 선뜻 잡지 않았다.

"여기서 기다릴래요. 아버지가 여기 있으라고 했어요."

"아버지 저쪽에서 기다리는데. 널 데려오라고 했어. 어서 가자. 어서."

"저쪽이 아니라 이쪽인데요."

동희가 고집을 부리자 요시다는 침을 찍 뱉고는 신경질적으로 땅바닥을 걷어찼다.

"아무리 기다려도 소용없어! 아버지가 널 나한테 식모로 준 거 몰라? 네 애비가 나한테 꾼 돈을 못 갚아 대신 널 줬단 말이다. 그러니 나와 가야하단 말이지이!"

동희는 머릿속이 멍했다. 마당의 누렁이 새끼도 아닌 자신을 어떻게 요시다에게 팔았단 말인지. 아버지가 요시다에게 빚 독촉을 받고 있다는 건 알고 있었다. 작달막한 요시다에게 굽실거릴 때마다 초라해 보이던 아버지의 모습이 스쳐갔다. 그렇더라도 빚 때문에 자신을 요시다한테 식모로 넘기다니… 믿을 수 없었다.

동희는 요시다에게 잡힌 손을 빼려고 힘을 주었지만, 눈치 빠른 요시다가 우악스럽게 틀어쥐었다.

"따라와! 더러운 조센징!"

동희는 아버지 말을 직접 듣고 싶어 버텼다. 그러자 요시다가 단발머리를 잡아챘다. 요시다의 힘에 질질 끌려가면서도 동희는 아버지를 찾았다. 크고 높은 창경원 문을 빠져나올 때에도 자기를 부르며 찾을까 봐 토끼처럼 귀를 쫑긋 세웠다. 하지만 아버지를 볼 수도, 부르는 소리도 들을 수 없었다.

집채만 한 전차에 떠밀려 올라탄 동희는 남대문 종점에서 요시다 손에 잡혀 내렸다. 고무신이 벗겨져 머뭇대자 요시다가 머리를 쥐어박았다.

"빨리 따라오지 않고 뭐하는 거야!"

동희는 요시다를 따라 네온사인이 번쩍이는 곳으로 들어갔다. 골목마다 불을 밝힌 상점들이 늘어서 있었다. 몇 개의 골목을 지나쳤다. 모던걸의 깃털 모자를 파는 모자 상점, 눈깔사탕을 산더미처럼 쌓아 놓은 양과자점과 마네킹에 원피스를 입혀 놓은 양품점을 지나 우동집 옆, 당고³를 파는 상점의 유리 진열대를 바라보았다. 검붉은 간장

---

3 경단과 비슷한 일본 간식. 곡물 가루를 둥글게 만들어 찌거나 삶아 만든다. 콩고물을 묻혀 먹기도 하고 간장과 단팥을 올리기도 하며 주로 꼬치로 먹는다.

소스를 끼얹은 당고가 먹음직스러웠다. 점심 이후 아무것도 먹지 못한 동희는 요시다네 식모로 팔려간다는 사실조차 잊은 듯 침을 삼켰다.

"그 아인 누구요?"

당고집 주인인 듯 보이는 잿빛머리 할머니가 동희를 힐끗 보고는 요시다에게 물었다. 두 사람은 서로 알고 있는 듯 요시다가 동희를 데려온 사연을 주절주절 늘어놓았다. 잠자코 듣고 있던 잿빛머리 할머니가 동희를 찬찬히 훑어봤다. 툭 불거진 광대뼈와 가늘게 째진 눈꼬리 때문인지 인상이 차가워보였다. 동희는 일본말로 주고받는 두 사람을 비켜보며 손을 만지작거렸다. 잿빛머리 할머니는 동희의 벌겋게 튼 손에서 눈을 떼지 못했다.

"어린애 손이, 으음. 일을 많이 해본 손이군. 나도 일할 아이가 필요한데 아직 많이 어려보이네."

요시다가 눈을 반짝였다.

"에또, 노부코. 얘가 또래보단 작아보여도 올해 열한 살 됐지요. 응석받이로 놀던 아이가 아니라서 집안일도 야무지게 해요. 남 주긴 아까운 아이지만 뭐 필요하시면 이 아이

애비한테 준 돈의 두 배….”

동희는 두 사람을 번갈아 보았다. 도망칠 기회를 엿봤지만 조선 아이인 자신의 편을 들어줄 사람은 없어 보였다.

그러는 사이 노부코 할머니가 두툼한 돈다발을 요시다에게 건넸다. 요시다가 비죽비죽 웃음을 흘리며 골목을 빠져나가자 노부코 할머니가 동희를 ‘미쯔(꿀)당고’ 집으로 이끌었다.

동희는 날카로운 인상의 노부코 할머니와 눈이 마주치자 으드득 굳는 느낌이었다. 당고가 다 팔리자 노부코 할머니가 유리문 밖 덧문을 닫았다. 그러고는 동희를 돌아봤다.

“올라가자!”

일본식 목조주택인 ‘미쯔당고’ 2층으로 올라가는 계단은 노부코 할머니 엉덩이가 꽉 차 보일 정도로 좁았다. 디딜 때마다 나무 계단에서 삐거덕 소리가 들렸다.

계단을 올라서자 좁은 복도가 보였고, 복도 오른쪽 방을 지나쳐 옆에 붙은 다다미방[4]으로 들어갔다. 다다미 여섯 장이 깔린 방이었다.

---

4 두툼하게 짚을 넣고 돗자리를 씌워 꿰맨 다다미를 깐 일본 주택의 방.

노부코 할머니가 동희를 보며 입을 열었다.

"여긴 일본인들이 쫙 깔린 곳이다. 도망쳐 봤자 순사에게 말하면 잡히는 건 식은 죽 먹기란 말이지. 네 아버지가 돈을 싸들고 온다면야 널 보낼 수 있지만, 그럴 리는 없을 거고. 섣부르게 도망갈 생각은 말라는 뜻이다. 알아들었지?"

노부코 할머니의 조선말이 자연스러워 그랬을까. 동희는 긴 칼을 찬 일본 순사들에게 도망가다 잡히는 자신의 모습이 그려져 오싹했다. 한겨울에 동생 기저귀 빨래를 할 때처럼 몸이 떨려왔다.

"네에."

씻고 자라는 노부코 할머니의 말에 뒷마당으로 나간 동희는 우물물을 길어 세수를 했다. 그러고는 하늘을 올려다보았다. 새까만 도화지 같은 하늘에 별들이 어지럽게 반짝거렸다. 집 마당에서도 보이던 별들. 익숙한 별자리라도 찾게 될까 봐 눈을 감아버렸다.

길었던 하루가 동희 눈앞에 펼쳐지듯 지나갔다. 생전 처음 타 본 기차와 전차, 창경원의 화려한 벚꽃, 일본말을 하는 사람들로 넘치는 이곳. 그리고 서늘하고 축축한 손으로 눈깔사탕을 내밀던 아버지.

눈치 채지 못한 바보 같은 자신이 한심했다. 아버지 꽁무니에 붙어 따라가겠다고 조르던 남동생을 두고 동희만 데리고 나올 때부터 이상했는데.

그러고 보니 자연스럽지 않은 일들의 연속이었다. 며칠 전, 요시다가 동희의 댕기머리를 단발로 자르라고 했던 일도, 오늘 점심을 먹고 있을 때 아버지가 외출 준비를 서두르라고 한 것도. 새엄마가 눈도 마주치지 않고 깨끗한 치마저고리를 동희에게 내준 일도. 마치 아버지와 새엄마가 미리 약속이라도 한 것처럼 침묵 속에서 동희만 어리둥절했었다.

아버지가 금광 열풍에 휘말리지만 않았어도…. 동희 기억에 아버지는 큰 부자는 아니어도 수원에서 남부럽지 않을 만큼 살았다. 그러나 방앗간을 하던 아버지가 전 재산을 팔아 금광에 쏟아부은 뒤부터 모든 게 달라지기 시작했다. 황금이 나오면 경성으로 가서 떵떵거리며 살 거라고 큰소리를 치던 아버지 얼굴에 먹구름이 끼면서 동희도 보통학교 2학년 진급을 앞두고 그만둬야 했다. 쌀이 떨어질 정도로 살림이 쪼그라들자 아버지는 알고 지내던 요시다에게 돈을 빌렸다. 그렇게 빌려 쓴 돈이 동희를 여기까지 몰고 올 줄은 몰랐다.

동희는 노부코 할머니 옆에 누워 이불을 덮었다. 다다미 방에서 올라오는 낯선 냄새에 헛구역질이 나와 코를 틀어쥐었다. 세 살 때 죽었다는 엄마는 기억에 없지만, 벌겋게 부풀고 터진 동희 손등에 아주까리기름을 발라주던 아버지 손길은 잊을 수 없었다.

'아버지가 언젠가는 나를 데리러 올 거야. 그때까지만 있자.'

얼룩이가 빼앗긴 골목

2년 뒤.

붉은 아침 햇살에 동희는 한쪽 눈을 찡그렸다. 갈아입을 유카타로 팔을 뻗었다. 가오리 같은 유카타[5]가 처음에는 불편했지만, 이제는 오비[6]를 허리에 둘러 리본으로 반듯하게 묶을 정도로 익숙해졌다. 그뿐인가, 유카타 차림에 조리를 신고 '미쯔당고' 앞에서 "미쯔다앙고! 꿀다앙고!"를 외치며 손님을 불러 모으는 일도 부끄럽지 않게 되었다. 저녁까지 팔리지 않은 당고는 목판에 메고 사람들이

---

5   일본 전통 옷으로 주로 집에서 입는 평상복이다.
6   일본 기모노나 유카타를 입을 때 허리 부분에서 옷을 여며주는 띠.

많이 다니는 미쓰코시 백화점[7] 주변에서 팔기도 했다.

'미쓰당고' 집이 있는 본정에서부터 은행과 증권회사가 있는 명치정, 전찻길 너머의 황금정까지를 혼마치[8]라고 부른다는 사실도 알게 되었다. 동희가 살던 동네에 비하면 혼마치는 하루 종일 떠들썩한 장터 분위기였다.

"이곳에서 길을 잃으면 못 찾아올 수도 있어!"

노부코 할머니의 경고대로 혼마치에는 오백여 개의 상점들이 골목, 골목마다 미로처럼 들어서 있다. 해질 무렵이면 활대 모양의 은방울꽃가로등이 뿌옇게 혼마치를 밝혔다.

진기하고 세련된 상품과 달콤한 눈깔사탕과 바삭한 양과자를 파는 상점 주인 대부분은 일본에서 온 사람들로 저희들끼리는 일본말을 했다. 하지만 조선 손님들이 점점 늘자 서툰 조선말로 물건을 팔았다. 그들이 일본말과 조선말을 함께 쓰듯 동희도 혼마치에 살면서 일본말을 자연스럽게 익히게 되었다.

---

7   지금 남대문 시장 입구에 있는 신세계 백화점(본점) 건물이다.

8   일제강점기 때, 지금의 명동 일대를 일본식으로 부르던 말이다.

경성에서 가장 번화하다는 혼마치. 경성 사람들도, 지방에서 경성 구경을 온 사람들도 꼭 들러 물건을 사고 싶어 하는 곳이다. 하지만 동희는 이곳에서 이방인 같은 느낌이었다. 뿔난 일본 도깨비처럼 노부코 할머니 머리에도 뿔이 날까 마음 졸이던 날들이 많은 탓이다.

노부코 할머니는 2년 전, 동희가 머물게 된 며칠 뒤부터 새알심 빚는 일을 시켰다. 동희는 시키는 대로 쌀가루에 따끈한 물을 넣어 익반죽을 하고, 반죽을 떼어 새알심을 만들었다. 말랑말랑한 새알심의 촉감이 좋아 아버지 얼굴을 만들다 노부코 할머니한테 된통 혼났다.

"손이 모자라 시켰더니 장난을 쳐!"

얼굴이 빨개진 동희에게 괜한 군식구만 들였다고 노부코 할머니가 투덜거렸다. 동희는 '더러운 조센징'이라는 욕을 먹을까 봐 움찔했다. 일본인들은 조선인이 마음에 안 들면 버릇처럼 더러운 조센징이란 말을 내뱉으며 무시했다. 동희는 유카타를 벗어버리고 혼마치에서 도망치고 싶었다. 하지만 경성 곳곳에 폭탄테러 협박이 이어지면서 순사들이 눈에 띄게 늘어 한 발도 떼지 못했다.

동희는 매장 안의 나무 기둥에 발끝을 붙이고 허리를 폈다. 그러고는 머리 위로 손을 올려 손톱으로 콕 찍었다.

"또 컸다!"

자신의 키가 표시된 나무 기둥을 보며 싱긋 웃었다. '미쯔당고'에 살면서 밥을 굶지 않아 그런지 이제야 열세 살 또래만큼 커 으쓱했다.

남자처럼 떡 벌어진 어깨의 노부코 할머니가 딴짓을 하는 동희에게 소리를 질렀다.

"뭐하고 있어! 청소는 했고? 주방에 물과 땔감도 갖다 놔야지!"

"네, 네!"

혼마치 거리는 비가 내려도 질퍽거리지 않는 곳이다. 예전에는 진고개라고 불릴 정도로 땅이 질었는데, 이곳이 일본 세상이 되더니 땅바닥도 바뀌었다며 당고를 사던 손님이 놀라워했다.

동희는 비질을 하다 간밤 일을 떠올렸다.

'이쯤이었나?'

'미쯔당고'와 우동집 사이의 샛골목을 기웃거렸다. 한밤중에 시끄럽던 고양이 소리 때문이었다. 샛골목에 살던 얼룩고양이 어미와 갑자기 나타난 노란고양이의 싸움이었다. 눈에 퍼런 불을 켠 두 고양이가 하악! 거리며 달려들어 싸우더니 얼룩고양이 어미가 절룩거리며 골목을 빠져나갔었다.

"이건."

샛골목에는 어젯밤 싸움을 증명하듯 붉은 핏자국이 보였다.

"얼룩이 새끼들은 어디 있지?"

동희가 쓰레기통 주변을 살펴보았지만 새끼들은 보이지 않았다. 돌아서 샛골목을 나가려는데 꼬리를 높이 쳐든 노란고양이가 동희 앞으로 걸어왔다. 그러고는 빼앗은 골목에서 느긋하게 몸을 핥아댔다.

"거기서 뭐해?"

샛골목의 우동집 쪽문에서 나온 가토였다. 동희는 어젯밤 고양이 소동을 알고 있는지 물었다. 가토는 고개를 저었다.

"난 잠들면 아무것도 몰라. 먹을 거라면 모를까."

"으이그, 먹는 거 밖에는 관심 없지 뭐."

가토는 이마에 두른 하치마키[9]를 긁적이며 동희를 따라 '미쯔당고' 쪽문으로 들어갔다. 그러고는 노부코 할머니가 있는 주방으로 쪼르르 달려가 꾸벅 인사를 했다.

"노부코 님, 안녕하십지요? 우물물 마십니다요."

날마다 가토의 한결같은 말과 태도에 동희는 피식 웃음이 나왔다. 먹성이 좋아 먹을 것만 있으면 눈동자가 돌아간다는 가토는 잘 먹어 그런지 키가 컸다. 호리호리한 몸이지만 힘도 세 어른스러워 보였다.

경성에 수돗물이 들어와 혼마치의 상점들은 우물물이나 물장수 물은 사먹지 않아도 되었다. 하지만 노부코 할머니는 우물물을 고집했다. 겨울에는 따듯하고 여름에는 시원할 뿐 아니라, 단맛이 도는 순하고 깔끔한 물맛은 비릿한 수돗물에 비할 수 없다며 우물을 소중하게 다뤘다.

---

9 일본인들이 면으로 된 천을 이마에 둘러 묶는 것으로 땀이 흐르는 걸 막기 위해서 사용한다.

가토가 아침마다 우물물을 마시러 오는 이유도 그 물맛에 반해서라고 했다. 우물물을 들이켠 가토가 쪽문을 빠져나갔다. 동희도 주방 항아리에 가득 물을 채우고는 땔감을 쌓아둔 곳으로 갔다. 쪽문 옆의 장작더미에서 땔감 몇 개를 꺼내는데 가냘픈 소리가 들렸다.

"이야옹."

얼룩고양이 새끼인 듯했다. 유리구슬같이 투명한 눈이 촉촉해 보였다. 동희는 겁을 잔뜩 먹은 손바닥만 한 새끼 고양이를 안았다. 새끼고양이는 쪽문 밑의 주먹만 한 구멍으로 들어온 듯했다.

"엄마 기다리는구나."

동희는 왠지 얼룩고양이 새끼와 자신이 비슷하다는 생각이 들었다. 아버지를 기다리는 마음의 불씨는 2년 전 그대로였으니까.

"동희, 땔감!"

동희는 얼른 장작 서너 개를 들고 주방으로 뛰었다. 노부코 할머니는 성에 안 찬다는 듯 성큼성큼 주방을 나와서

장작을 한 아름 안았다. 쉰이 넘은 나이지만 짐자전거를
타고 싸전(쌀가게)과 방앗간은 물론 장도 혼자 봐온다. 우
물물을 주방으로 길어 나르는 것도 마음먹으면 동희보다
빨리 할 수 있을 것으로 보였다.

동희는 이따금 자신을 왜 식모로 들였을까, 고개를 갸웃
거리기도 했다.

신바 아저씨의 행운당고

달콤한 간장소스 냄새. 날마다 맡아도 맛있는 냄새는 질리지 않는다. 간장소스 냄새에 코를 벌렁거리던 동희가 노부코 할머니를 돌아보았다.

"장작 뺄까요?"

"아직도 일일이 말해야 해?"

알아서 빼면 일찍 뺐다고, 좀 뒀다 빼면 탄내 난다며 꾸지람을 들은 까닭에 동희는 날마다 긴장 상태로 노부코 할머니 눈치를 봤다.

동희가 벌건 장작을 빼내자 냄비 안에서 보글보글 끓던 간장소스 기포가 잦아들었다. 노부코 할머니가 나무 주걱으로 간장소스를 천천히 저으며 말했다.

"하나 더 빼."

"아까 두 개 뺄 걸 그랬나 봐요."

"하나마나한 소리. 장작 빼고 물러서."

노부코 할머니가 간장소스를 젓다 나무 주걱을 가만히 들어올렸다. 간장이 쭈룩 흘러내리자 한동안 젓고는 다시 들어올렸다. 주르륵, 주르르륵 조금 전보다 느리게 흘러 내리는 농도를 확인하고는 고개를 끄덕였다.

"냄비 내려놓을까요?"

"또 물어!"

냄비를 내려놓고 곳간으로 달려간 동희가 새알심이 든 묵직한 나무통을 두 팔로 안아 주방으로 날랐다. 새벽에 노부코 할머니가 만들어 놓은 새알심이다.

"아직도 얼굴이 빨개져서 나르니, 원. 언제나 팔 힘이 붙을까."

끄응, 힘겹게 동희가 나무통을 내려놓자, 노부코 할머니는 나무통 위의 면포를 가만히 걷어냈다. 그러고는 서너 시간을 숙성시킨 새알심 가까이 얼굴을 댔다.

"흐음. 나무통에서 숨을 쉬고 꿈도 꾸었을 애들 좀 봐라. 쫀득한 탄력이 눈에 보이는 것 같네. 흐음, 이만하면 됐다."

뽀얀 새알심을 노부코 할머니가 가볍게 들어 만졌다.

손가락 사이로 스르륵 빠지는 탱글탱글한 새알심이 만족스러운 듯 노부코 할머니 눈가에 웃음 주름이 잡혔다. 풋풋한 쌀 내음에 동희도 덩달아 기분이 좋아졌다. 재빨리 커다란 냄비를 아궁이에 올리고 물을 퍼 담았다.

"지키고 섰다가 팔팔 끓어오르면 얼른 새알심 넣어라. 그리고."

"떠오르면 재빨리 찬물에 넣어요."

자신 있게 말하는 동희에게 노부코 할머니가 고개를 끄덕였다.

새알심은 크기와 모양이 일정했다. 노부코 할머니는 날마다 당고만 생각하고 사는 듯했다. 가족도 없고 일본으로 돌아갈 생각도 없어 보였다. 원래부터 가족이 없던 건 아니었는지 언젠가 가토가 여기저기에서 주워들은 얘기를 동희에게 들려주었다.

"노부코 님, 남편은 아주 오래전에 조선으로 왔대. 그러니까 음, 맞다. 조선의 왕비가 죽은 그때쯤일 거라고 했는데."

"우리가 태어나기도 전이야?"

"물론이지."

"그때 노부코 할머니도 같이 조선에 왔겠네."

"그게 아닌가 봐. 노부코 님은 조선에서 남편을 만나 살았다지. 일본 어디에 살았는지 언제 조선으로 왔는지 정확히 아는 사람은 없는 거 같아."

"왜?"

"'미쯔당고' 집을 시작했을 땐 할머니 혼자였나 봐. 남편이 죽어 혼자가 됐다고도, 남편이 일본으로 돌아갔다고도 하는데, 소문만 떠도는 거지 뭐. 하기야 혼마치 일본인들은 가난한 시골 출신이 많아 어디서 어떻게 살았는지 자기 입으로 떠드는 사람은 드물어."

"가토는 어디 살았었어?"

"우리 부모님이 도후쿠지방 출신이니 나도 거기서 태어나 살았겠지."

가토는 부모에 대한 기억을 되살리기 싫은지 엉뚱한 말을 꺼냈다.

"동희야, 나 이제 곧 우리 우동집 주인 키 따라잡을 거같다. 열일곱쯤 되면 키는 물론 덩치도. 그러면 음식점 차릴 거야."

동희는 장난스럽게 엉덩이를 실룩거리는 가토를 흘겨봤지만 너스레를 떠는 모습이 보기 싫지는 않았다.

“얘가 무슨 생각을 하고 있는 거야. 물 끓는데!”

“아, 새알심, 새알심.”

가토 생각에 빠져 있던 동희를 노부코 할머니가 엉덩이로 툭 밀쳐냈다. 머쓱해진 동희는 까치발을 들어 주방 선반으로 팔을 뻗었다.

“도시락 몇 개 꺼낼까요?”

“도시락?”

“명치정 증권회사에서 주문 받은 거요. 어제 오십 개 주문 받았다고 하셨어요.”

노부코 할머니가 미간을 찌푸렸다.

“이런, 깜빡했네.”

“단골손님이라 신경 써야 한다고 그러셨는데.”

노부코 할머니가 입가를 슥 닦았다.

“가만있어 보자. 창경원 밤꽃놀이 간다고 했으니.”

“큰 걸로 다섯 개만 닦아 놓을까요? 도시락 하나에 꼬치 당고 열 개 들어가니까요.”

“작은 것도 하나 꺼내 놓고!”

“행운당고도 싸게요?”

노부코 할머니가 고개를 끄덕이자, 동희는 한 귀퉁이가

살짝 찌그러진 작은 도시락을 꺼냈다. 황금정에서 싸전을 하는 신바 아저씨에게 행운당고를 넣어 줄 도시락이다. 신바 아저씨는 덥수룩한 수염에 푸근한 인상이라 동희도 좋아한다. 노부코 할머니는 신바 아저씨와 오래 거래한 때문인지 가까운 본정의 싸전을 두고 꼭 신바싸전을 찾아갔다.

"당고는 쌀의 질이 중요한데, 신바는 쌀 갖고 장난을 안 쳐서 좋지."

"……?"

노부코 할머니가 이어 말했다.

"값싼 양쌀(안남미)을 섞어 조선 쌀이라고 속여 파는 데가 많아. 신바는 그런 짓을 하지 않는다는 말이다. 양심적인 사람이지."

"양쌀을 조선 쌀이라고 왜 속여 팔아요?"

"왜긴, 조선 쌀이 질도 좋지만 값도 양쌀의 몇 배거든. 값싼 양쌀을 섞어 조선 쌀로 팔면 이득 아니냐."

동희는 일본이 조선 쌀을 많이 가져간다는 말을 듣고 고개를 갸웃했다. 노부코 할머니는 일본이 전쟁을 하느라 군인들 식량이 필요하다고 했다. 그렇더라도 왜 조선인들이 먹을 쌀까지 가져가는지, 일본은 조선과 한 나라라고 하면서도 조선인들을 얕잡아보는 것 같았다.

혼마치의 상인들도 겉으로는 조선 손님들에게 친절하게 대하는 척해도 뒤로는 '더러운 조센징'이라는 말을 쉽게 내뱉었다. 노부코 할머니는 일본인이든 조선인이든 차별 없이 늘 뚝뚝한 말투다. 꼬치당고가 맛있다는 사람에게만 살짝 미소를 지을 뿐이었다.

끓는 물에 넣어 건진 새알심에서 희미하게 김이 올라왔다. 동희는 식어 꾸둑꾸둑해진 새알심 네 개씩을 꽂이에 꽂아 꼬치당고를 만들었다. 노부코 할머니가 꼬치당고에 검붉은 간장소스를 끼얹어 유리 진열대에 갖다 놓았다. 동글동글 먹음직스러운 당고가 손님을 기다리는 동안, 노부코 할머니는 커다란 주머니가 달린 앞치마로 갈아입었다. 꼬치당고가 팔릴 때마다 주머니는 점점 불룩해졌다.

동희는 불룩한 주머니를 볼 때면 그 안의 돈은 얼마나 되는지, 그 돈으로 무얼 하는지 궁금했다. 노부코 할머니는 일본여자들이 좋아하는 대모갑 빗도, 화려한 수가 놓인 오비도 없었다. 오히려 여자 기모노가 불편하다며 남자 기모노를 입고는 통바지 아래를 끈으로 묶었다. 바지에 대님을 맨 모양이었다.

당고에 들어가는 재료는 질 좋은 것으로 사서 쓰지만, 자신을 위해서는 번듯한 옷 한 벌 사 입지 않았다. 그런 노랑이 노부코 할머니가 쌀값도 깎아 주지 않는 신바 아저씨에게 공짜 당고를 주는 사실은 흥미로웠다.

"행운당고 갖다 주고 와라."

늦은 오후에 노부코 할머니가 보자기에 싼 도시락을 동희에게 내밀며 얌전하게 들고 가라고 일렀다. 행운당고는 보나마나 신바 아저씨가 좋아하는 콩고물당고일 것이다.

왜 행운당고라고 부르는지 엉뚱한 호기심이 생긴 동희는, 포춘쿠키[10]처럼 행운당고 안에 어떤 글귀라도 들었을까 궁금했다. 도시락을 살그머니 열어 노란 콩고물당고를 손가락으로 꼭꼭 눌러봤지만 아무런 느낌도 없었다. 도시락 바닥에 듬뿍 깔린 콩고물의 고소한 냄새에 침만 삼키고 말았다.

'미쯔당고'에서 벗어나자 동희는 발걸음이 가벼웠다. 묘한 해방감이 밀려왔다.

---

10 중국 음식점에서 후식으로 나눠 주는 과자로, 안에 운세가 적힌 쪽지가 들어 있다.

신바싸전으로 가는 길에 최신 유행 상품을 보는 재미도 쏠쏠했다. 계절을 앞서 가벼운 옷으로 갈아입은 미쓰코시 백화점의 마네킹을 그냥 지나칠 수 없었다. 마네킹은 어쩌면 그렇게 늘씬하고 예쁜지. 동희는 마네킹이 입고 있는 모슬린 원피스를 입은 자신의 모습을 상상했다. 그러자 절로 콧노래가 나왔다.

혼자 놀을려니 갑갑하여서
갈잎으로 피리를 불러보았소
뽀아얀 하늘에도 종달새들이
봄날이 좋아라고 노래불러요

동희가 수원 살 때 즐겨 부르던 '갈잎피리[11]' 노래다. 노래를 흥얼거리며 마네킹에 정신없이 빠져있을 때였다.
누군가 동희 등을 툭 쳤다.
"너, 동희 맞지?"
벙거지를 눌러쓴 넝마주이와 뒤돌아본 동희 눈이 마주쳤다.

---

11 1930년대 많이 불렸던 장순철의 동요다.

강길 오빠가 전해준 소식

하얗게 핀 가로수의 꽃향기가 동희 코끝에서 살랑거렸다.

오월이면 명치정의 가로수인 아까시 꽃향기에 끌려 콧노래를 부르던 동희였는데, 그 꽃향기에 멀미가 날 것 같았다. 벙거지를 쓴 강길 오빠를 올려다보며 동희가 다시 물었다.

"우리 집이… 어떻게 됐다고?"

강길 오빠가 벙거지를 살짝 들어 올렸다.

"아무것도 모르고 있었구나. 너희 식구 간도로 떠난 지 꽤 됐어. 너 경성 가고 얼마 있다가 모두 떠났는데."

동희는 믿을 수 없어 따지듯 물었다.

"오빠가 봤어? 눈으로 봤냐고!"

"너희 식구 한밤중에 떠나고 동네가 난리 났었어. 그동안 쌀이나 돈 꿔준 사람들이 한둘이 아니었단 말이야. 동네 사람들이 너희 집에 몰려갔는데 이미 떠나고 없어 얼마나 실망했게."

"간도… 먼 데야?"

강길 오빠는 눈물이 그렁그렁해진 동희 눈을 피하며 말했다.

"조선 땅은 아니라는데. 너희 새엄마네 가족이 그쪽에 산다고 했어."

동희는 앉은벼락을 맞은 듯 마음 한구석이 와르르 무너져내렸다.

'아버지가 날 두고 떠나버렸구나!'

이따금 널찍한 등에 팔자걸음을 걷는 어른을 보면 아버지인가 싶어 달려갔다 돌아서길 몇 번인지 모른다. 강길 오빠가 고리버들망태를 고쳐 멨다.

"너 경성 부잣집에 식모로 갔다더니 여기 있나 보구나."

동희는 힘없이 고개를 끄덕이며 '미쯔당고' 집에 산다고 웅얼거렸다.

"그래서 옷도 이렇게 입고."

강길 오빠가 동희의 유카타 자락을 잡았다가 놓았다.

"오빠는 왜 경성에 있는 거야?"

"말도 마. 병명도 모르는 아버지 약값 대느라 집안이 거덜 나고, 결국 돌아가셨어. 동생들은 친척집으로 뿔뿔이 흩어지고 엄마하고 무작정 경성으로 올라왔는데 이 꼴로 산다."

광희문 밖 고물상에서 지낸다는 강길 오빠가 벙거지를 벗어 부채질을 했다. 오래 씻지 못했는지 지독한 냄새가 풍겼다. 모던걸이 인상을 쓰며 피해 지나갔다.

동희는 강길 오빠가 무안할까 봐 슬쩍 말을 걸었다.

"그래도 오빠는 엄마와 있으니…."

"에효, 말도 마. 엄마가 물지게 지다 허리를 다쳐 시름시름 아파. 넝마 주워 근근이 방세 내면… 쌀밥은 언제 먹어 봤는지 모르겠어. 우리 엄마 병원에라도 한번 가봤으면 좋겠다. 엄마마저 잘못되면…."

동희는 아픈 엄마라도 있는 강길 오빠가 부러웠다.

"동희, 너 월급은 받는 거야?"

"아아니."

강길 오빠가 반짝 생각난 듯 말했다.

"너, 순사였던 요시다가 이리로 데려왔지? 그러니까 돈도 못 받고 있지."

"무슨 말이야?"

"요시다는 돈 빌려주고 못 받으면 아이를 데려간대. 그래서 혼마치에 팔아넘긴다나 봐. 애들을 먹이고 재워만 주면 일한 돈은 안 줘도 된다며 상점 주인한테 몸값을 두둑이 받는다지. 혼마치 상점에서 일하다 도망친 아이가 그러더라고. 걘 우리 고물상 울타리 밖으로 한 발짝도 안 나가. 요시다한테 걸리면 다시 잡혀온다고 벌벌 떨어."

"그 앤 왜 도망쳤대?"

"일본인 주인이 일 못한다고 때렸나 봐. 더러운 조센징이라고 무시한 거지 뭐. 너는 괜찮은 거야?"

동희는 세 끼 쌀밥에 가끔 목판 당고를 팔면 수고비까지 받는다고 말했다. 믿지 못하겠다는 강길 오빠에게 다다미방의 궤짝 속, 색동버선 안에 돈을 꼭꼭 숨겨두었다고 말해버렸다.

동희는 바쁘다며 가는 강길 오빠의 뒷모습을 물끄러미 바라봤다. 망태를 멘 어깨가 기우뚱 처져 보였다. 빡빡머리에 호리호리한 모습이 언뜻 가토와 닮아 보였다.

아버지 소식에 힘이 빠진 동희는 달려오는 전차를 보지 못하고 걷다가 차장의 고함소리에 흠칫 정신을 차렸다. 잰걸음으로 걸어 신바 아저씨에게 행운당고를 주고 돌아섰다.

"동희, 이 녀석 뭐가 급하다고. 이거 입맛 좀 다셔 봐라."

신바 아저씨가 양과자를 동희 손에 쥐어주었다.

"목 메지 않게 꼭꼭 씹어 먹어라."

마치 동희의 슬픈 사연을 아는 듯 머리를 매만져주는 신바 아저씨 손길이 푸근하고 부드러웠다. 동희는 손바닥을 오므렸다. 그러고는 고개만 꾸벅 숙이고는 뒤돌아

뛰었다. 신바 아저씨와 눈이라도 마주치면 눈물을 왈칵 쏟을 것만 같았다. 많은 사람들 속에 섞여 걸으면서도, 동희는 홀로 걷는 느낌이었다. 하얀 꽃을 주렁주렁 달고 있는 아까시 가로수를 지나쳐 어느새 '미쯔당고' 골목에 들어섰다.

늑장을 부린 동희를 흘겨보는 노부코 할머니 앞에 양과자를 놓았다. 그러고는 재빠르게 뒷마당으로 나가버렸다. 버림받은 아이의 쓸쓸한 표정을 들키고 싶지 않아서였다.

밤이 깊어 다다미방에 누웠지만 말똥말똥 잠도 안 오고 몸은 으슬으슬 떨렸다. 이불 안이 춥게만 느껴졌다. 새우처럼 몸을 구부려도 이가 딱딱 부딪히도록 온몸에 냉기가 돌았다. 자신을 이곳에 두고 떠난 아버지가 원망스러우면서도 미치도록 보고 싶었다.

장지문 쪽으로 돌아누웠다. 다다미방과 비밀의 방 사이의 장지문에 달빛이 어른거렸다. 동희가 '미쯔당고'에 있는 2년 동안 한 번도 열리지 않은 방이어서, 비밀의 방이라고 이름 붙인 그 방은 늘 자물쇠가 채워져 있었다. 짙은 갈색 커튼으로 가려 있어 안을 짐작할 수도 없었다.

동희는 장지문을 보다 눈을 감았다.

'오늘 같은 날에는 비밀의 방이 마법처럼 열리면 얼마나 좋을까. 오롯이 나만의 공간이라면. 그러면 이런 날엔 엉엉 실컷 울 수 있을 텐데….'

엄청난 희망 사항

"노부코 님. 쓸 만한 종이 챙겨왔습죠."

가토가 종이 뭉치를 탁자에 내려놓으며 벙싯 웃었다.

"이번 건 고급이다."

"그렇습죠? 단골손님이 줬는답죠, 부잣집에서 쓴 종이인가 봅니다요."

마침 변소 종이가 얼마 남지 않은 참이라 노부코 할머니 입가에 엷은 미소가 보였다. 가토는 가끔 우동집에 있는 종이를 가져왔다. 애들이 학교에서 쓴 공책이나 연습장이 대부분인데 변소에서 똥 닦을 종이로 그만이었다.

"아참, 우리 집에서 '은방울꽃 축제' 일로 골목 상인들이 모인다고 합니다요. 노부코 님도 오시라고 합지요."

'은방울꽃 축제'는 혼마치에서 2년째 이어지는 행사다.

세계 대공황으로 혼마치의 상점 거리에도 사람들이 많이 줄었다며 상인들이 울상이었다. 불경기 탓에 재고가 쌓인 상점들은 어떡하든 손님들을 끌어모을 고민을 했다. 고심 끝에 상가 번영회에서 혼마치를 밝히는 은방울꽃가로등을 내세워 '은방울꽃 축제'라고 현수막을 걸었다. 올해는 6월 11일부터 17일까지 열릴 예정이다.

동희는 가토가 가져온 종이를 구겼다. 구길수록 보드라워지는 감촉이 좋았다. 뻣뻣하고 거친 종이는 사용하기 불편하기 때문에 찢어지지 않을 만큼 조물조물 비벼댔다.

가토는 시커먼 연필가루가 묻은 손바닥을 펼쳐 보였다.

"너 이 종이로 똥 닦으면 엉덩이 새까매지겠다. 히히."

동희가 새초롬하게 눈을 흘겼다. 다른 종이를 구기려다 일본어가 빼곡하게 적힌 종이를 가토에게 내밀었다.

"무슨 내용이야?"

머뭇대던 가토가 고개를 저었다.

"몰라?"

동희의 물음에 가토가 고개를 끄덕였다. 가토가 글을? 글을 못 읽는구나. 동희는 가토의 아픈 곳을 찌른 것 같아 딴 곳으로 얼굴을 돌렸다.

"넌, 알아?"

"알긴, 모르니까 물어봤지."

"아니. 조선 글자 아느냐고."

동희가 고개를 끄덕이자 가토는 빈 곳이 보이는 종이를 골라 써 보라고 했다. 동희는 노부코 할머니가 장부에 꽂아둔 연필을 가져왔다. 오랜만에 연필을 잡아 그런지 살짝 떨렸다.

"뭘 쓰지?"

"네 이름 써 봐."

손에 힘을 주어 자신의 이름, 순동희를 또박또박 적었다. 글씨를 쓰는 동희를 신기한 듯 보던 가토가 이름에 뜻이 있냐고 물었다.

"순은 성이고 함께 동에, 기쁠 희야. 내가 태어났을 때 모두 함께 기뻐했다고 아버지가 그렇게 지어주셨어."

"오, 오. 그런 뜻이 있었다니."

동희가 입술을 삐죽거렸다.

"그럼 뭐해. 아버지는 날 두고 먼 데로 영영."

가토가 어색한 분위기를 바꾸고 싶었는지 동희에게 자신의 이름도 써 보라고 했다.

"가, 토. 먹보 가토."

동희는 쓴 글자를 손가락으로 짚으며 또박또박 읽어주었다.

"먹보?"

가토의 물음에 동희가 배시시 웃었다.

"잘 먹는다는 말이야. 먹는 걸 무지 좋아한다고."

좋은 뜻이냐는 물음에 동희는 놀리는 말이라고 하려다 그만두었다. 가토를 꼭 놀리고 싶어 그런 건 아니었다. 가토는 뭐든 맛있게 먹었다. '미쯔당고' 집의 우물물도 혀에 짝 붙는 맛이라고 호들갑을 떨었으니까.

가토는 연필로 자기 이름을 쓰고 또 썼다. 글자를 쓰는 자신이 대견한지 싱글벙글했다.

"동희 너, 학교에 다녔구나."

"일 년 다니고 못 다녔어. 계속 다니고 싶었지만."

"그게 어디야."

동희는 가토에게 학교에 가지 못한 이유를 물을까 하다 그만뒀다.

언젠가 노부코 할머니에게 들은 얘기로는 어린 가토를 부모가 우동집에 맡겨두고 다시 찾아오지 않았다고 했다.

가토가 훌쩍훌쩍 울면서 우동집 앞에 쪼그리고 앉아 오가는 사람들을 뚫어져라 보았다며 혀를 끌끌 찼다.

그러다 가로등마저 까무룩 꺼지자 골목이 울리도록 엉엉 울었다며. 다음 날에도 가토가 우동집 앞에 죽치고 있으니까 주인이 들어오라고 했단다. 그렇게 우동집에 눌러있으면서 허드렛일을 도맡아 하게 되었다고 안쓰러워했다.

가토에게 몇 살이냐고 묻자, 아홉 살이라고 말했다가 재빨리 일곱 살이라고 소릴 질렀다며, 부모가 전차비를 내지 않으려고 아이한테 일곱 살이라고 이른 것 같다고. 그렇다면 동희보다 두 살 많은 열다섯 살이 맞는데도 아직 가토는 열세 살이라고 우겼다.

글자 쓰기가 마음대로 안 되는지 가토가 하치마키 아래로 손을 넣어 빡빡머리를 긁적였다. 그러다 뜬금없이 물었다.

"독립, 어떻게 써?"

"독립?"

"어. 내 희망 사항이다."

가토는 받침이 있는 '독립'이 어렵다며 삐뚤빼뚤 그림을 그리듯 썼다. '립' 자를 쓰고 '독' 자로 읽는 가토가 답답해서 동희가 가슴을 콩콩 쳤다.

"디귿으로 시작하는 건 독! 리을로 시작하면 립! 알았어?"

진땀이 나는지 가토가 하치마키를 고쳐 매고 다시 연필을 잡았다. 그러고는 쓴 글자를 소리 내어 읽었다.

"디귿으로 시작하니까 '독' 리을로 시작하는 건 '립' 가토 독립!"

가토는 빈 곳이 있는 종이만 따로 그러모았다.

"빈 데다 실컷 써 보자."

힘차게 고개를 끄덕인 동희는 생각나는 대로 글자를 쓰기 시작했다.

'다시 학교에 다니고 싶다. 가토 희망 사항은 독립. 동희 희망 사항은 비밀의 방으로 독립.'

동희는 '비밀의 방으로 독립'을 쓴 곳에 눈이 갔다. 글자를 자꾸 쓰면 외워지듯이 그 글자를 가지고 있으면 왠지 소망이 이루어질 것 같았다. 그곳을 손으로 살살 오려내자 문득 엉뚱한 생각이 들었다.

'당고 안에 넣어볼까? 이걸 본 사람도 독립이 희망이면 깜짝 놀라며 좋아할 거야.'

동희는 '비밀의 방으로 독립'을 돌돌 말았다. 새끼손톱만큼 작아진 걸 유리 진열대의 당고 안에 쏙 밀어 넣었다. 감쪽같았다. 당고를 먹다 놀랄 손님을 상상하자 씨익 웃음이 나왔다.

가토는 자신의 이름과 독립을 쓰느라 정신없었다. 반듯하게 쓰고는 생긋 웃으며 내려다봤다.

"난 오년 안에 독립할 거야."

동희가 무슨 뜻이냐고 눈을 동그랗게 떴다.

"음식점을 차릴 거란 말이지."

"음식점을?"

"어. 내 이름을 걸고 식당을 차릴 거야. 멋지지 않아?"

"오, 어떻게 그런 생각을. 무슨 음식점을 하려고?"

"내가 잘할 수 있는 걸 찾을 거야. 그러려면 골고루 먹어 봐야 해. 소문난 요릿집 음식 맛을 볼 거고. 종로의 설렁탕까지 참참. 그래야 음식 맛을 제대로 낼 수 있을 거 아냐."

"근데 무슨 돈으로 사 먹어?"

"그러니까 동희야, 네가 좀 사줄래? 내가 식당 주인 되면 너한테 최고로 맛있는 거 해줄게."

"치이. 내가 돈이 어딨어?"

"어어, 얘 봐라. 목판 당고 팔면 노부코 님이 수고비 준다고 했잖아. 그거 음, 맞다! 색동버선에 모은다고 자랑하고는."

동희는 가토의 기억력에 고개를 흔들었다. 혹시라도 아버지가 데리러 오면 식구들 선물 살 생각으로 모은 거였는데 씁쓸하게 입술을 삐죽였다.

가토는 벌써 번듯한 식당 주인이라도 된 것처럼 활짝 웃었다. 먹을 것만 좋아한다고 생각했는데, 홀로 설 준비 과정이었다니 가토가 다시 보였다. 키만 큰 게 아니라 생각도 듬직한 나무 같았다.

가토가 장난스럽게 입을 열었다.

"넌, 여기 몇 년 있다가 시집가면 되겠다. 독립은 생각하지 않아도 되겠네 뭐."

동희는 어이없다며 눈을 흘겼지만 가토 말이 생뚱맞은 건 아니었다. 수원에 살 때 동네 언니들도 열여섯, 열일곱만 되면 시집을 갔다. 하지만 동희는 경성에 온 후로, 혼마치에서 교복을 입은 여학생들을 마주치면 부러움에 자꾸 돌아봤다.

"난 공부 다시 하고 싶어."

동희는 교복을 입은 자신의 모습을 그려보았다. 노부코 할머니가 짐자전거를 타는 모습만큼이나 당당하게 보일 거라 생각했다.

너무 오래 있었다며 가토가 뒷마당 쪽문으로 달려 나갔다. 그러고는 황급히 소리를 질렀다.

"비 온다!"

구름이 낮게 머물더니 빗방울이 떨어졌다. 갑자기 눈앞으로 번쩍! 번갯불이 지나갔다. 동희는 두 손으로 귀를 틀어막았다. 몇 초도 안 돼 콰르릉! 쾅! 쫭! 귀청을 울리는 우렛소리가 들려왔다.

후두둑, 투둑, 쏴아!

굵은 빗줄기가 쏟아졌다.

"갑자기 웬 비야. 새로 산 양복인데, 에이."

작달막한 요시다가 '미쯔당고'로 뛰어 들어왔다. 도리구찌 모자를 벗어 탁탁 털자 물이 사방으로 튀었다.

"뭐하고 있는 거야, 수건 가져와!"

갑작스런 요시다의 방문에 얼어붙은 동희는 버럭 소리에 심장이 두근댔다.

혼마치 거리에서 요시다와 비슷한 그림자만 봐도 멀찍이 피해 다닌 동희였다. 어쩌다 요시다가 '미쯔당고' 집에 들르면 뒷마당으로 내뺐지만 지금은 어쩔 수 없이 수건을 가져다 주었다.

수건으로 양복의 물기를 훔쳐 낸 요시다가 고개를 빼 유리문 밖을 기웃기웃 내다봤다. 빗줄기가 좀 가늘어졌지만 아직 하늘은 우중충했다.

"쉬 그칠 비가 아닌데. 우산, 우산!"

동희가 우산을 가지러 광으로 달려 나가자, 출출하던 요시다는 꼬치당고를 집어 먹었다. 그러다가 입안에서 무언가를 꺼내 손바닥에 놓았다.

"으응?"

우산을 갖고 온 동희는 요시다의 손바닥을 보고 주춤 물러섰다. 하필이면 동희의 희망 사항이 든 당고를 요시다가 먹은 듯했다. 머리카락이 천장으로 솟는 듯 오싹했다. '비밀의 방' 글자는 이미 삼켰는지 '독립'만 희미하게 보였다. 더러운 종이 쪼가리가 뭐냐며 노부코 할머니를 찾기라도 할까 봐 동희는 쩔쩔맸다.

얼굴이 파리해진 동희 앞으로 요시다가 몸을 돌렸다. 그러고는 엉거주춤한 자세로 동희와 눈높이를 맞췄다. 고개를 들지 않고 눈만 치켜뜬 요시다의 핏발 선 눈과 마주쳤다. 악마가 있다면 딱 그 모습일 것 같았다.

동희는 자신을 낯선 이곳까지 끌고 온 요시다의 손아귀에 다시는 잡히지 않을 거라고 입술을 앙 물었다.

"이게 뭐지?"

동희는 고개를 절레절레 흔들어 시치미를 뗐다.

"모른다! 이런 불경스러운 말을 누가 썼는지 모르겠단 말이지이이이. 독립을 말한다면 조선의 독립이란 말이잖아."

요시다가 집요하게 동희를 물고 늘어졌다.

동희는 아니라고, 그런 뜻이 아니라고 외쳤지만 목구멍이 닫힌 듯 소리가 나오지 않았다.

"에또, 여긴 미쯔당고! 이곳의 주인은 노부코. 그러니까 노부코 그 늙은이가 당고를 만들겠지이이이."

동희가 고개를 천천히 끄덕였다.

요시다가 우두둑우두둑 손가락 관절을 꺾자, 동희는 자신이 썼다고 끝내 말하지 못했다. 적당히 이 시간만 피하면 요시다가 잊을 거라 생각했다. 하지만 요시다는 의심의 날개를 단 듯 말했다.

"음. 그러니까 이걸 노부코가… 노부코 이 늙은이가 설마 조선구락부?[12] 그렇다면 독립자금을 모을 수도 있다는 얘기인데. 이게 단서일지도… 동희, 너 똑똑히 들어라. 독립운동하다 순사한테 잡혀가면 못 돌아오는 건 알지? 왜 그런지 알아? 순사가 잡아가면 의심 받을 짓을 한 것이고, 그 의심이 하찮은 것이라도 엄청난 사건이 될 때까지 몰아붙인단 말이지. 다시 말해서 조금이라도 의심스러우면 끝까지 추궁해 죄를 만들거든. 더구나 조선구락부라면!"

---

12 클럽의 일본식 발음이다.

요시다가 몸을 낮춰 동희에게 속삭였다.

"이제부터 노부코를 감시하는 거다. 어디를 가고, 누구를 만나고, 누가 찾아오는지. 낯선 사람들이 드나들거나 조금이라도 이상한 점이 보이면 내게 와서 보고하면 된다. 알아들었지? 안 그랬다간···."

동희는 요시다의 말이 채 끝나기도 전에 고개를 힘주어 끄덕였다. 어서 이 상황이 끝났으면 싶었다.

"그래그래. 그렇게 말을 잘 들어야지."

요시다는 명치정의 종현예배당[13] 근처에 있는 자신의
전당포 약도를 그려주며 확실하게 보고해야 한다고 누누
이 강조했다. 그러고는 '독립' 자가 있는 종이를 수첩에 찔
러 넣었다.

소나기가 그치고 노부코 할머니가 돌아왔지만, 동희는
요시다와의 일을 털어놓지 못했다. 얹힌 것처럼 속이 답
답했다.

---

13 지금의 명동성당이다.

도시락의 비밀

컥.

동희는 자신의 침 넘어가는 소리에 놀라 움찔했다. 잠자는 척 노부코 할머니를 엿보느라 숨을 참은 까닭이었다.

파르스름한 새벽에 눈을 뜬 노부코 할머니가 반듯이 누워 두 발을 차례로 허공을 걷는 듯 놀렸다.

"헛둘, 헛둘."

동희는 웃음이 나올 뻔했지만 감시하는 상황이라 숨죽여 지켜봤다. 발차기를 마친 노부코 할머니가 모로 누웠다가 네 발 짐승처럼 엉금엉금 기었다. 좁은 방을 오락가락하다 멈추더니 고개를 들어 가슴을 펴고는 양발을 번갈아 뒤로 쭉, 쭉 뻗었다. 몸이 활처럼 보였다. 여러 번 그 동작을 하고는 천천히 일어나 손바닥을 비벼 눈에 댔다. 손바닥의

온기에 만족한 듯 가벼운 소리를 냈다.

"음, 음."

요즘 들어 허리와 다리가 시원찮다는 말을 자주 하던 노부코 할머니는 스스로 운동법을 찾아서 했다.

동희는 모른 척 몸을 뒤척여 누웠다. 삐거덕, 계단을 내려가는 노부코 할머니의 발자국 소리가 들렸다. 동희는 이불을 끌어 덮었다.

'이제 세수와 양치를 하시겠지. 그리고….'

동희의 예상대로 조금 뒤 계단을 딛는 소리가 다시 들렸다.

거울 앞에 앉은 노부코 할머니가 잿빛머리를 정성껏 빗어 둥근 모양으로 올려붙이고 기모노를 입었다. 토끼 귀처럼 생긴 타비¹⁴를 볼 넓은 발에 우겨넣고는 다시 내려갔다.

동희는 장롱과 궤짝을 마주보며 몸을 일으켰다. 장롱에는 노부코 할머니의 옷과 장부가 있고, 궤짝에는 동희가 입고 왔던 치마저고리와 색동버선이 들어 있다.

요시다가 노부코 할머니를 의심하는 게 말도 안 된다는

---

14 일본 전통 버선으로, 엄지와 검지발가락 사이가 갈라져 있다.

걸 알면서도, 동희는 할머니를 훔쳐보는 걸 멈출 수 없었다. 요시다가 시키는 대로 안 하면 무슨 짓을 할지 몰랐다. 자신을 다른 곳에 팔아넘긴다면, 때리기라도 하는 주인을 만난다면… 생각만 해도 끔찍했다.

동희는 '미쯔당고' 앞과 샛골목을 쓸고 유리문을 닦고 매장의 탁자와 의자를 훔쳤다. 한쪽에 세워둔 노부코 할머니의 짐자전거도 말끔하게 닦아 놓았다.

쌀을 씻어 불리는 동안 슬쩍슬쩍 노부코 할머니를 엿보았다. 할머니는 빻아 놓은 쌀가루로 익반죽을 하고, 새알심을 빚어 나무통에 담아 서늘한 곳간에 놓아두고 매장 의자에 앉아 끄덕끄덕 졸았다.

늘 그렇듯이 손님들에게 당고를 팔고, 맛있다는 손님에게는 미소를 짓는 노부코 할머니. 특별히 찾아오는 사람도 없고 외출하는 일도 없었다. 새로 알게 된 사실이라면 새벽에 건강체조를 하는 것과 변비가 있는지 변소에서 오래 있다 나오는 정도였다.

'요시다에게 그대로 말하면 될 거야.'

며칠을 지켜보고 처음 보고하기로 마음먹은 동희는 안절부절못했다. 요시다에게 갈 핑계로 신바 아저씨에게 줄 행운당고를 싸 달라고 고집을 부려 나왔지만 입술이 바짝 바짝 말랐다. 그때 황금정 모퉁이를 돌아 나온 전차가 딸랑딸랑 소리를 내며 달려왔다.

"조심해! 축지법 부리는 쇠바퀴다!"

전차를 타려고 뛰어가던 남자가 동희를 밀쳤다.

"어, 어어어. 행운당고!"

동희는 바닥에 툭 떨어진 도시락을 주웠다. 떨어질 때의 충격 때문인지 행운당고 도시락이 살짝 열려 있었다.

역시나 신바 아저씨가 좋아하는 콩고물당고였다. 고소한 콩가루 냄새가 훅 풍기는 도시락을 닫으려던 동희가 멈칫했다. 떨어질 때 충격으로 콩고물이 한쪽으로 쏠린 탓일까, 반대쪽에 가느다란 선이 보였다. 머리카락처럼 보여 손가락을 뻗었다.

"어, 어?"

그건 얇은 양은 판의 경계 부분이었다. 손톱에 힘을 주어 양은 판을 들어보고는 재빨리 도시락 뚜껑을 닫았다. 못 볼 걸 본 것처럼 툭툭 심장이 뛰었다.

동희는 신바싸전으로 가는 내내 궁금했다. 양은 판 밑에 있는 도이리와 신사 그림의 50전짜리 지폐 두 장이 자꾸 어른거렸다. 노부코 할머니가 당고 판 돈을 넣어 둔 것일까. 그래서 동희한테 그 도시락은 만지지도 못하게 하고. 그렇다면 지금 저 돈은 깜빡하고 그냥 둔 걸지도 모르는데.

　손님과 얘기 중인 신바 아저씨를 기다렸다 동희가 도시락을 내밀었다. 신바 아저씨가 웃으며 그것을 열었다. 동희는 일부러 눈을 부릅뜨고 봤다. 반듯하게 들고 와서 그런지 노란 콩고물에 덮인 바닥 어디에도 가느다란 경계선은 보이지 않았다.

　신바 아저씨가 꼬치에서 뺀 행운당고 하나를 동희 입에 넣어 주었다. 그러고는 방에 들어갔다 나와 빈 도시락을 다시 동희에게 건넸다.

"모퉁이 전찻길 조심하고. 전차가 천천히 오는 것 같아도 발걸음보다는 무척 빠르다. 전차 보이면 무조건 지나고 건너라."

신바 아저씨의 당부는 귀에 들어오지 않았다. 동희는 골목 어귀를 돌아 나와 도시락을 열어보았다. 양은 판을 들췄지만 마술처럼 돈은 사라지고 없었다. 고개를 갸웃거리던 동희는 전찻길을 건너 요시다네 전당포로 걸음을 옮겼다.

얼음장처럼 차가워진 손으로 전당포 철창문에 걸린 종을 흔들었다. 요시다 아버지로 보이는 볼록한 올챙이배 영감이 문을 열어 주었다. 그러고는 동희를 구석진 방으로 데리고 갔다.

북향인 요시다 방은 햇빛을 등진 탓인지 낮인데도 어두침침한 기운이 감돌았다. 정사각형 벽시계의 초침 소리가 툭, 툭, 울렸다. 벽시계 아래 걸린 일력의 숫자, 24가 큼직하게 보였다. 동희는 자신의 숨소리까지 들리는 고요함에 입술이 말라갔다.

책상 앞에 앉아 있던 요시다가 일어나 마룻바닥을 뚜국뚜국 디디며 동희 앞으로 다가왔다. 동희는 심장이 툭툭 뛰었다.

요시다는 올가미에 걸려든 먹잇감을 보듯 능글맞게 웃었다. 혓바닥을 내밀어 천천히 입술을 핥았다. 동희를 탐색하느라 눈동자를 굴리던 요시다가 엉거주춤한 자세로 동희와 눈높이를 맞췄다.

"노부코 그 늙은이를 살펴봤겠지."

동희는 달라붙은 입술을 가까스로 떼며 버벅댔다.

"그러니까. 그게 특별한 게 없어…."

며칠 동안 지켜본 노부코 할머니 일상을 더듬더듬 말했다. 요시다가 피식 웃으며 손끝으로 동희 턱을 추어올렸다.

"멍청이! 누가 그런 시시한 얘기 듣고 싶다고 했나. 어!"

동희는 눈을 질끈 감았다.

"조금이라도 이상한 거! 그걸 보고하란 말이다!"

"으으음. 그러니까…."

동희 목소리가 영으로 사라질 즈음 행운당고 도시락 얘기를 꺼내려는데 귀가 번쩍했다.

딱!

요시다가 구둣발로 마룻바닥을 힘차게 내려친 것이다. 그러더니 의자를 걷어차며 식식댔다. 붉으락푸르락한 얼굴로 도리구찌 모자를 올렸다 내려 썼다.

동희는 요시다가 움직일 때마다 움찔거렸다. 책상과 의자, 벽시계와 일력이 자신 앞으로 날아올지도 모른다는 공포심에 숨이 멎는 듯했다. 방문 앞에 놔둔 행운당고 도시락 얘기를 꺼내야 할지 말아야 할지 눈치를 살피고 있었다.

"바짝 얼었군. 흐흐."

웬일인지 요시다 목소리가 한결 부드러워졌다.

"네 애비가 수원을 뜬 건 알려나?"

동희가 고개를 끄덕였다.

"그럼 다시 잘살게 됐다는 것도 알고? 투자했던 금광에서 금이 쏟아져 나왔거든."

동희 눈이 휘둥그레졌다. 강길 오빠 말대로라면 간도에 있을 아버지였다. 요시다가 동희 표정을 놓치지 않고 이어 말했다.

"네 애비가 살고 있는 곳으로 보내줄 수도 있는데."

동희 옆으로 바짝 붙은 요시다가 속삭였다.

"아버지 보고 싶지? 어쩌면 아버지와 다시 살 수 있을지도 몰라."

동희는 어리둥절했다. 꿈이라도 좋았다. 정말 아버지와

살 수만 있다면. 그래서 다시 학교에 다니면 얼마나 좋을까.

"아버지한테 가고 싶으면 내가 원하는 걸 가져오란 말이다. 열흘 안으로 노부코와 관련된 어떤 것이라도 다! 알아들었지? 이번엔 확실한 걸로. 흐흐."

동희가 대답할 짬도 없이 올챙이배 영감이 벌컥 문을 열고 들어왔다. 그러고는 요시다에게 무언가 귀엣말을 했다. 전당포에 중요한 손님이 찾아온 듯 둘은 서둘러 방을 나갔다. 동희는 요시다가 빠져나간 방에 우두커니 서 있다 책상 위로 눈을 돌렸다.

요시다의 덫

책상 위에는 순사 제복을 입은 요시다 사진이 있었다. 사진 속 요시다는 뻐기는 듯 가슴을 펴다 못해 무게중심이 뒤로 쏠려 턱이 들린 모습이었다. 눌러 쓴 커다란 모자 아래 입꼬리가 음침해 보였다.

동희는 책상 뒤로 뒷걸음을 치다 의자에 걸려 넘어졌다. 서둘러 일어나려고 팔을 뻗었다. 벽을 밀며 일어나다가 "어?" 하고 엉덩방아를 찧었다.

벽이 밀려들어간 것이다. 동희가 짚은 벽은 작은 문이었다. 열린 문 안으로 한발 한발 들어선 동희는 그 자리에 우뚝 멈췄다.

"이게 다 뭐야?"

세 면의 벽 선반에는 층층이 물건들로 가득차 있었다.

프록코트. 모직 양복, 수제 꽃무늬 양산, 큼직한 카메라, 손때가 묻은 가죽 가방, 금장 안경, 비단 두루마기, 도자기, 그림, 붓, 벼루 등 꽤 값비싼 물건들이었다.

동희는 그제야 이곳이 요시다의 전당포라는 사실을 떠올렸다. 현금이 필요한 사람들이 맡긴 물건들이었다. 전당포에 맡긴 물건을 안 찾아가면 요시다가 되팔아 빌려준 돈의 몇 배를 벌 수 있었다.

요시다가 지독한 전당포 주인이라는 얘기는 혼마치에 파다했다. 특별히 값비싼 물건을 찾아가는 날짜가 되면 일부러 문을 닫아걸거나 피해버린다고 했다. 물건의 주인이 할 수 없이 나중에 오면 약속 날짜를 어겼다며 도리어 큰소리를 치고 물건을 빼돌렸다고. 조선인이 맡긴 물건은 악랄하고 집요하게 물고 늘어지는 사람이었다.

동희는 선반의 물건을 쭉 훑어보다 무심코 아래를 보았다. 말로만 듣던 누런 황금이 작은 유리장 안에 모셔져 있었다.

금반지와 금목걸이들, 황금두꺼비와 황금돼지, 금시계, 유럽의 최신 손목시계 등 귀금속과 일일이 눈을 맞춰 보다, 아버지가 받았다는 동희 몸값이 금반지 하나 값이나 할까 싶어 우울해졌다.

보물창고를 두리번거리던 동희는 그에 관한 말들이 새록새록 기억나기 시작했다. 혼마치에서는 요시다에 대해 떠도는 말이 많았다.

요시다는 종일 눈이 내리는 홋카이도 출신이라고 했다. 그곳은 눈이 많이 내렸다. 담장 위에 눈이 시루떡처럼 켜켜이 쌓였지만 정작 요시다네는 끼니도 챙기지 못할 정도로 가난했다.

일본 식민지인 조선에 가면 먹고살 수 있다는 소문에 요시다가 열다섯 살 때 요시다 가족은 배를 타고 조선으로 왔다. 세끼 밥을 먹을 수 있다면 지구 어느 곳이라도 상관없었다.

그렇게 제물포 일본인 거주지에 머물게 된 요시다는 돈이 되는 일이라면 가리지 않고 하다가 관청에서 청소를 하게 되었다. 똑같은 일을 해도 조선인보다 돈을 많이 받았다. 배를 곯지 않게 되자, 악착같이 공부를 해서 순사가 되었다.

조선인들이 겁먹은 듯 순사인 자신을 피해 다니자 요시다는 우쭐해서 보란 듯이 가슴을 폈다. 조선인들 앞에서 일부러 더 큰소리쳤고, 금광에 투자하면 떼돈을 벌 수 있다고 조선인들을 꼬드겼다. 폐광 직전의 광산에 데려가 자신의 아버지를 금광 주인인 척 말하고, 미리 준비해 놓은 가짜 금덩이를 보여주며 투자 금액의 수십 배를 벌 수 있다고 헛말을 일삼았다. 솔깃한 조선인들이 돈을 싸들고 요시다에게 왔고, 그에게 넘어간 동희 아버지 같은 사람이 한둘이 아니었다.

전 재산을 잃게 된 사람들에게 요시다는 생활비라고 찔러주면서 먹는 입 하나 덜면 좋지 않겠냐며 그 집 아이를 달라고 했다. 아이를 안 주면 당장 돈을 갚으라고 으름장을 놓았다.

요시다는 데려온 아이들을 혼마치 상점들에 팔아넘기기 시작했다. 조선말을 못하는 혼마치 상점 주인들은 날로 늘어나는 조선인 손님 때문에 애를 먹었다. 눈치 빠른 요시다는 그것을 놓치지 않았다. 조선 아이들은 순진하고 성실해서 제때 밥만 주면 새벽부터 밤까지 시키는 일을 척척 해냈다. 뿐만 아니라 일본말까지 금세 배워 주인과 손님의 갑갑함을 풀어주기도 했으니 요시다에게는 좋은 먹잇감이었다.

가끔 상점 주인의 학대로 도망친 아이들이 있었다. 그 아이들은 거지가 되거나 종로 쪽 조선인 상점가에 숨어들었다. 요시다는 그런 아이들을 끈질기게 추적해 잡았다. 그러고는 다시 팔아넘겼다. 경성을 자신의 손바닥처럼 꿰고 있는 요시다의 올가미에서 빠져나가기는 쉽지 않았다.

요시다의 비리가 드러나면서 주재소 순사에서 잘렸지만 요시다는 콧방귀를 뀌었다. 이미 명치정에 번듯한 목조주택을 샀기 때문이었다. 전당포가 바로 그 집이었다.

뚜국! 뚜국!

요시다의 요란한 발자국 소리에 동희는 재빨리 보물창고를 나와 문을 닫았다. 방에 들어온 요시다가 동희를 보고 놀라는 눈치였다.

"뭐야, 여태 여기서 뭐하고 있었나. 어!"

"가란 말을 안 해서…."

"이런 멍청이! 당장 꺼져!"

동희는 방문 옆에 놓아둔 행운당고 도시락을 가지고 굴속 같은 전당포를 빠져나왔다.

요시다는 손님이 맡긴 누런 금반지를 보물창고에 넣고는, 동희가 빠져나간 방 안을 이리저리 돌아다녔다. 까칠한

턱수염을 손가락으로 문지르다 고개를 들어 창밖을 봤다.

한 곳을 뚫어져라 올려다봤다. 삐죽 솟은 건물. 나지막한 목조주택들을 압도할 만큼의 높이와 크기였다. 단연 돋보이는 르네상스식 4층 건물이 미끈해 보였다. 경성 부자들의 돈을 빨아들인다는 미쓰코시 백화점이다.

"멋져. 나도 저런 건물을 짓고야 말겠어. 그러려면 악착같이 돈을 벌어야 해."

요시다는 수첩을 꺼냈다. 전당포에 잡힌 물건들의 찾아갈 날짜를 살펴보다 수첩 한쪽에 깊숙이 넣어 둔 손톱만한 종이쪽지를 꺼내 보았다.

'독립'

"흐흐. 이게 왜 당고에 들어 있었지? 조선구락부를 갖다 붙인 내 머리도… 노부코가 그럴 리는 없을 테고. 동희 그 계집애, 2년 전에 노부코 늙은이가 현금을 내민 탓에…. 지금이라도 이걸 빌미로 더 뜯어내야 해. 내가 원하는 걸 가져오라 했으니 이것저것 가리지 않고 들쑤시겠지. 계집애가 평소와 다른 걸 느끼면 노부코가 물어보겠지. 그러면 할 수 없이 내 얘기를 할 것이고, 그럼 난 동희를 너무 싸게 넘겼다며… 흐흐. 그나저나 노부코 그 늙은이, 돈도

제법 버는 것 같은데 집을 더 사들였다는 소문도 없고 돈을 어디다 쓰는 거야?"

요시다가 종이쪽지를 수첩에 넣으며 고개를 갸웃거렸다.

동희는 행운당고 도시락을 끌어안고 터벅터벅 걸었다.

'정말 아버지가 큰돈을 벌었을까?'

동희는 머릿속이 뒤엉킨 듯 혼란스러웠지만 요시다 말을 믿고 싶었다. 그래서 이곳을 벗어날 수만 있으면 얼마나 좋을까 생각했다. 요시다가 원하는 게 뭘까, 검지로 이마를 톡톡 치며 걸었다.

노부코 할머니의 장부

요 며칠 잠을 설친 때문인지, 장작더미 옆에 앉은 동희
는 눈꺼풀이 자꾸 내려왔다.

"야, 순동희!"

놀라 눈을 번쩍 뜬 동희 손바닥에 가토가 얼룩이에게
줄 생선찌꺼기를 부었다. 우동집에서 육수를 내고 남은
생선찌꺼기다. 냄새를 맡고 온 얼룩이가 생선찌꺼기를 할
짝할짝 먹었다. 어느새 팔뚝만큼 자라 콧수염이 제법 굵
어 보였다.

"얼룩이, 친구 생긴 거 알아?"

동희의 물음에 가토 눈이 동그래졌다.

"샛골목에 얼룩이 친구가 가끔 와. 저기, 쪽문 아래 구멍
이 조금 커졌지? 거기로 들어오는 것도 봤어."

"어떻게 생겼는데?"

"얼룩이와 비슷해, 얘는 갈색과 검정이잖아. 얼룩이 친구는 엷은 갈색과 밤색이야."

"혹시 그때 사라진 얼룩이 형제 아닐까?"

"어? 그럴지도 모르겠구나."

"얼룩인 헤어졌던 가족도 만나고 좋겠다."

가토 말에 동희도 고개를 끄덕였다. 어쩌면 동희와 가토가 가장 바라는 일인지 모른다.

"근데 얘들이 같이 다녀 그런지 샛골목에 노란고양이가 잘 안 보이더라."

가토가 쪽문을 나가 샛골목을 이리저리 살피더니 노란고양이가 없다며 우동집 쪽문으로 들어갔다.

동희는 노부코 할머니가 꺼내놓은 쌀에 우물물을 부었다. 당고 만들 쌀을 손바닥으로 벅벅 문질렀다. 말갛게 씻은 쌀을 채반에 받쳐 놓았다. 쌀의 물기가 빠지자 자루에 담았다.

"준비됐어요!"

노부코 할머니가 매장 한쪽에 세워 둔 짐자전거의 받침대를 올리자 동희가 유리문을 활짝 열었다. 짐칸에 쌀자

루를 신고도 가뿐하게 페달을 밟는 노부코 할머니가 여유
롭게 골목을 빠져나갔다. 노부코 할머니 뒷모습이 당당해
보였다.

동희도 페달을 힘차게 밟아 요시다의 손아귀에서 벗어
나고 싶었지만 그건 그저 생각뿐이었다.

노부코 할머니와 여러 번 방앗간에 간 적이 있는 동희
는 속으로 시간 계산을 했다. 방앗간에 손님이 없다면 이
십 분, 손님이 많다면 삼사십 분, 아는 사람이라도 만나면
한 시간 정도 걸릴 거라 짐작했다.

동희는 노부코 할머니가 아는 사람을 만나길 바라며 다
다미방으로 올라갔다. 장부를 볼 생각이었다. 요시다가
원하는 게 있을지 모르기 때문이었다.

장롱 문을 삐익 열었다. 옷을 개켜 둔 곳을 지나쳐 고개
를 들었다. 동희 눈높이보다 조금 높은 선반에 장부가 있
었다. 해마다 장부를 한 권씩 정리해 놓은 듯, 맨 위의 것
이 1932년 올해 장부였다. 까치발을 들어 장부를 내렸다.
빽빽이 쓴 장부를 자세히 보고 싶어 전구를 딸깍 켰다.

"뭐야, 온통 일본어잖아."

그냥 덮긴 아쉬워 장부를 한 장 한 장 넘기며 살펴보았다.

단체 주문서를 쓸 때 찢은 귀퉁이가 이따금 눈에 띄었다. 몇 장을 넘겨보는데 아래쪽 구석진 곳에 일본어라기에는 조금 이상한 표기가 눈에 들어왔다.

7-30

30은 숫자로 보이지만 앞의 건 7자인지 아닌지 모호했다. 일본어를 흘려 쓴 낙서일까. 다시 장부를 넘겨봤다. 일주일쯤 지나 또다시 나타났다.

2-20

그리고 열흘쯤 뒤에 또 있었다.

8-10

동희는 흘려 쓴 날짜를 보다가, 세 번째 날짜 24를 보는 순간 훅, 한 사람의 얼굴이 스쳤다. 그날은 동희가 요시다의 전당포에 간 날이다. 어둡고 으스스한 요시다 방에 걸려 있던 일력의 날짜 24. 무시무시하게 자신을 다그치던 그곳에서 도망치듯 빠져나온 날이었다.

동희가 행운당고 도시락을 떨어뜨린 날이기도 했다. 떨어뜨린 도시락에 들어 있던 지폐가 감쪽같이 사라진 사실도 스멀스멀 떠올랐다.

'숫자 앞에 글자가 뭘까?'

동희는 문득 가토에게 글자를 가르쳐주던 일이 생각났다. 헷갈리는 가토에게 '독'을 디귿의 독이라고, '립'을 리을의 립이라고 힘주어 말했다. 그렇게 생각해서인지 노부코 할머니의 흘려 쓴 글씨가 언문의 닿소리처럼 보였다.

ㄱ, ㄹ, ㅂ

무슨 글자의 닿소리일까. 호기심에 장부를 더 살펴보려는데 머리가 쭈뼛 섰다.

"동희!"

방앗간에서 돌아온 노부코 할머니가 쌀자루를 옮겨 놓으라고 소리를 질렀다. 동희는 장부를 던져 올리고 다다미방을 내려와 갓 빻은 쌀가루 자루를 안았다. 아직 따스한 온기가 남아 있었다. 곳간에 넣어 두고 돌아서는데 우물물을 마시던 노부코 할머니가 다다미방을 손가락으로 가리켰다.

"웬 불이냐?"

동희가 켜놓은 전깃불이 계란 노른자처럼 노르스름하게 비쳤다.

"제가, 응 그러니까… 벌레를 잡느라고요. 장롱 밑으로 들어간 걸 보느라 켰는데 깜빡 잊었어요."

"그깟 벌레 잡겠다고
불을 켜? 대낮에? 당장
끄지 못해!"

노부코 할머니가 인상을 쓰며 동희를 쏘아봤다. 툭 불거진 광대뼈가 실룩거렸다.

동희는 홧홧 달아오른 뺨을 감추려고 손바닥으로 얼굴을 감쌌다. 노부코 할머니가 혼내서라기보다 거짓으로 둘러대는 자신이 너무 부끄러웠다.

다다미방에 들어온 동희는 노부코 할머니가 전깃불을 본 게 정말 다행이라고 생각했다. 서둘러 나가느라 장롱 문도 빠끔 열린 채였고, 선반 위 장부도 삐뚤게 놓여 있었다. 동희는 재빠르게 정리하고 문을 닫았다.

전깃불을 끄는데 손끝이 파르르 떨렸다.

전달하지 못한 도시락

6월 4일.

요시다와 약속한 날짜가 돌아왔다. 동희는 변소를 들락거리며 오줌을 지렸다. 얼굴이 까칠해 보인다며, 노부코 할머니가 어디 아프냐고 물었지만 고개만 저었다. 둘러댈 말이 궁색해 입을 다물어버린 것이다.

목판 당고를 팔러 나갈까 하다가 "미쯔다앙고! 꿀다앙고!"라고 외칠 힘도 없어 그냥 행운당고를 싸 달라고 했다. 그 핑계로 전당포에 다시 들를 참이었다.

"행운당고를 왜? 며칠 뒤에 보내려고 했는데."

"그냥요. 싸 주세요."

"얘가 또또, 갑갑증이 난 거로군. 신바네 가는 길에 이곳저곳 구경하면 좀 나은지 원."

동희는 뜨끔했다. 행운당고를 들고 나간 날에는 혼마치 상점들의 최신 유행 상품을 보고 와서 신기한 듯 떠벌렸다. 그럴 때마다 노부코 할머니는 관심 없는 척해도 듣고 있었던 모양이다.

동희는 행운당고 도시락을 들고 터덜터덜 걸었다. 신바 아저씨네로 가는 길은 즐거움이었는데 돌덩이가 어깨를 짓누르는 듯 무거웠다. 경쾌한 반팔로 갈아입은 미쓰코시 백화점의 마네킹도 눈에 들어오지 않았다. 요시다의 전당포가 마법처럼 펑! 하고 사라져버리면 얼마나 좋을까 싶었다.

황금정 건널목 모퉁이를 돌아 전차가 지나가자 긴 칼을 찬 순사가 호루라기를 삐익! 삑! 불었다. 그러더니 둘씩 짝을 지은 순사들이 황금정 골목, 골목으로 발을 맞춰 갔다. 신바싸전이 있는 골목으로 순사 둘이 들어가는 걸 본 동희는 멈칫 섰다. 갑작스런 순사들의 등장에 상인과 손님들도 어리둥절한 모습이었다.

얼마 전에 일어난 상하이 훙커우공원 폭탄 사건 이후, 경성에 불심검문이 많아진 까닭이다. 훙커우공원에서 천장절

축하행사를 하던 날, 조선 청년 윤봉길[15]이 물통 폭탄을 던져 일본인 간부들 여러 명이 죽거나 다쳤다고 했다.

순사들이 상점에 들어가 살피기 시작했다. 그렇지만 혼마치는 거의 일본인 상인들이라 그런지 형식적으로 검사하는 눈치였다.

골목 입구에서 순사들 움직임을 지켜보던 동희는 보자기에 싼 도시락을 품에 안았다. 순사들이 가길 기다려 신바 아저씨에게 행운당고를 주고 와야 하는지, 요시다의 전당포로 바로 가야 하는지 혼란스러웠다.

그때 사각턱 순사가 큰 소리로 떠들었다.

"혼마치에 폭탄테러 경보다! 일본인 상점 거리를 폭파하겠다는 협박이 들어왔단 말이다! 물병이나 도시락을 가장해 폭탄을 만든 사례가 잇따라 지금부터 불시 검문을 한다!"

순사들이 지나가던 사람들의 가방이나 보따리를 샅샅이 뒤지기 시작했다. 사각턱 순사가 호루라기를 삑! 불었다.

"거기, 조선 옷! 가방 든 사람 이쪽으로!"

---

15 1932년 4월 29일에 상하이 홍커우공원에서 일본 통치자들을 향해 물통 폭탄을 던진 독립 운동가이다.

사각턱 순사 앞으로 낡은 가방을 든 사내가 쭈뼛거리며 왔다. 사내는 두루마기에 중절모를 쓰고 있었다.

"갈 길 바쁜 사람을 붙잡으면 어떡하오?"

"그 가방이나 얼른 열어보시지!"

사내가 낡은 가방을 흔들어 보였다.

"별거 없소."

덜거덕 소리에 사각턱 순사가 옆구리의 칼을 뽑아 가방을 찔렀다.

"열라면 열어!"

사내가 한 걸음 뒤로 물러나 가방을 열며 중얼거렸다.

"빈 도시락과 물통이오."

사각턱 순사가 움찔 뒤로 물러섰다. 가방 안의 도시락과 물통이야 흔하지만 폭탄으로 변신하기에 겁이 난 때문이었다. 사내의 양은 도시락에는 밥풀 하나 붙어있지 않았다. 김치 반찬이었는지 벌건 자국과 불쾌한 냄새만 풍겼다. 물통을 열어 거꾸로 들자 한두 방울 물이 떨어졌다.

사각턱 순사가 겸연쩍은지 입맛을 쩍 다시고는 비웃듯 입을 열었다.

"니들 조센징들이 문제야. 조선구락부에서 여기 혼마치를 폭파하겠다는 제보가 들어왔단 말이다. 알아들어!"

조선 옷 차림의 사람들은 예외 없이 검문을 했지만 유카타를 입은 동희는 눈여겨보지 않았다.

동희는 순사의 조선구락부 소리에 혼마치, 카페골목 간판의 '해피구락부, 모던구락부' 등을 떠올렸다. 그러다가 노부코 할머니의 장부에서 낙서인 듯 흘려 쓴 글자가 번개처럼 스쳐 지나갔다.

ㄱ, ㄹ, ㅂ.

'어쩌면 구락부의 닿소리?'

동희는 슬금슬금 뒷걸음질하다 돌아서 잰걸음으로 걸었다. 가슴에 행운당고 도시락을 껴안고 무작정 앞으로 뛰었다. 일본인인 노부코 할머니가 설마 조선구락부일 리는 없다고 생각하면서도 그것이 언문의 닿소리처럼 느껴지는 찜찜함은 내내 이어졌다.

동희는 자신이 들고 있는 행운당고에 불행이 드리울까 소름이 끼쳤다. 두툼한 손으로 양과자나 눈깔사탕을 챙겨주는 친절한 신바 아저씨. 수고했다며 머리를 매만져주던 손길의 편안함. 동희는 신바 아저씨한테 따스하고 포근하게 보호받고 있다는 느낌을 받곤 했다. 그래서 신바 아저씨가 괜한 곤경에 빠질까 봐 허둥지둥 황금정을 빠져나왔다.

명치정으로 들어선 동희는 요시다의 전당포가 빤히 보이는 곳에서 지칫대다 무거운 발걸음을 옮겼다. 그런데 전당포의 철창문을 빠끔 연 올챙이배 영감이 동희에게 고개를 저었다.

"다음에 다시 와."

요시다가 외출하고 없었다. 올챙이배 영감은 요시다가 며칠 내로 동희를 찾아갈 거라며 철창문을 닫았다. 동희는 일단 안도의 숨을 내쉬었지만 '미쯔당고'로 돌아가는 길에 요시다의 그림자라도 만날까 봐 뒷덜미가 서늘했다.

새파랗게 질린 얼굴로 동희가 행운당고 도시락을 노부코 할머니 앞에 놓았다. 순사들이 검사해서 그냥 가져왔다고 하자, 도시락 뚜껑에 콩고물당고를 덜어 주었다.

"별걸 다 검사하는구나. 가토와 나눠 먹어라."

가토는 꼬치당고를 한 번에 쭈룩 넣어 쩝쩝 씹다 콩고물을 손가락으로 꾹꾹 눌러 찍어 먹었다.

"역시 노부코 님 당고가 최고야!"

가토의 양 볼이 부푼 찐빵처럼 빵빵했다.

동희는 터질 듯한 가토 볼이 꼭 자신의 산더미 같은 걱정거리처럼 보였다.

요시다가 내일이라도 찾아오면 어쩌나 내내 가슴을 졸였다. 그러다 까무룩 잠에 빠져들었다.

터널을 달리는 전차

"타! 어서 올라타란 말이다!"

요시다가 동희를 전차로 떠밀었다.

"싫어요! 이젠 아저씨가 하라는 대로 하지 않을 거예요!"

"이게, 어디서 깡짜야!"

요시다가 동희 뒷덜미를 틀어잡고는 전차로 밀어 넣었다. 그러고는 느릿느릿 출발하기 시작하는 전차에 재빨리 올라탔다. 유카타나 기모노를 입은 사람들이 팔짱을 끼고 입을 굳게 다문 채 동희와 요시다를 보고 있었다.

전차가 혼마치를 벗어나자 위잉 소리를 내며 내달렸다. 차장 밖 풍경이 보이지 않을 만큼 빠른 속도였다. 곧이어 터널 안으로 들어갔다.

깜깜했다. 어렴풋이 형체가 보일 때쯤 누군가 소매치기
가 있다고 소리를 질렀다. 사람들이 우왕좌왕하는 사이 도
시락 하나가 툭 떨어졌다. 동희는 발치에 떨어진 도시락이
눈에 익었다. 한쪽 귀퉁이가 찌그러진 도시락. 뚜껑이 열
린 도시락에는 얇은 양은 판과 그 아래 지폐가 보였다.

　동희는 얼른 도시락을 주워들었다.

　"내놔!"

　요시다에게 도시락을 뺏기지 않으려고 힘주어 끌어안
았다.

　"안 돼요!"

　하지만 요시다는 기어이 동희 품에서 도시락을 빼앗았
다. 그러고는 비죽비죽 웃으며 50전 지폐를 가로챘다.

　"흐흐. 이건 내 거다."

　"아니에요! 그건 도시락 주인 거예요!"

　요시다에게 소리를 바락바락 지른 동희가 지폐를 도로
빼앗아 움켜쥐었다. 이제는 절대 빼앗기지 않겠다는 생각
으로 손에 힘을 주었다. 요시다가 동희 손가락을 펼치려
애를 썼지만 소용없었다. 그때 두 사람 앞으로 차장이 다
가왔다.

"차비 내시오."

신기하게도 차장 앞에서 동희 손이 스르르 펼쳐졌다. 차장은 50전 지폐를 보더니 고개를 끄덕였다.

"됐어. 당신은?"

손을 내미는 차장 앞에서 요시다가 고함을 쳤다.

"그건 내 돈이야! 전차비 제하고 거스름돈이나 내놔!"

차장이 요시다를 째려봤다.

"이게 당신 돈이란 말이요? 어디 손을 펼쳐 보시오."

차장이 동희에게 받은 지폐를 요시다 손바닥에 올렸다. 요시다는 이때다 싶어 돈을 움켜쥐려 애를 썼지만 손에 깁스라도 한 듯 오므려지지 않았다.

"어, 어어 손이 왜 이러지?"

"당신 돈이 아니라는 뜻이오. 남의 것을 넘보는 도둑고양이 같으니라고. 당장 내려!"

차장이 발길로 요시다를 힘껏 걷어찼다.

요시다가 바닥에 벌렁 자빠졌다. 전차 밖으로 한쪽 발이 빠지자 동희 옷자락을 틀어쥐었다. 동희는 요시다 쪽으로 딸려갈까 봐 손잡이를 움켜잡고 죽을둥살둥 버텼다. 그사이 요시다가 동희 유카타를 버팀목 삼아 일어서려고 했다.

'안 돼'

동희가 재빨리 유카타의 오비 매듭 한쪽 끝을 잡아당겼다. 그러자 유카타가 스르르 벗겨졌다.

"으아악!"

유카타와 함께 요시다는 전차에서 떨어져 사라지고 터널을 벗어난 전차 가득 햇살이 들어왔다. 차장이 모자를 벗었다. 잿빛 머리카락이 햇살을 받아 반짝반짝 빛났다. 팔짱을 끼고 있던 무표정한 사람들이 차장 앞으로 모여들었다.

"어, 어어?"

어느새 그들의 유카타와 기모노가 조선 옷으로 바뀌어 있었다. 동희 옷도 치마저고리였다. 손을 마주잡은 사람들이 햇살에 서서히 드러나기 시작했을 때 동희는 깜짝 놀라 입을 다물지 못했다.

'잿빛머리 차장은? 그리고 저 사람은?'

전차가 다시 한 번 터널을 통과하더니 남대문 종점에 섰다. 종점인데도 전차에서 내린 사람은 동희뿐이었다. 잿빛머리 차장이 손을 흔들며 말했다.

"이 전차를 타고 가기엔 넌 아직 너무 어리구나. 때가 되면 함께 타자꾸나."

전차가 동희 눈앞에서 멀어져 갔다. 전차를 뒤따르며 달렸지만 다시 터널 속으로 사라지고 말았다.

"같이 가요! 저도 데려가요!"

아무리 달려도 동희는 제자리였다. 떼쓰는 아이처럼 땅바닥에 누워 버둥대며 노부코 할머니를 부르고 또 불렀다.

"앗, 차거!"

동희가 벌떡 일어났다. 물 묻은 손을 보고서야 잠결에 자리끼를 친 걸 알았다. 동희는 사라져가던 전차의 행선지를 떠올리다 고개를 갸웃거렸다.

"그런 행선지가 있었나."

눈썹을 모으며 이마를 찌푸렸다. 꿈속 상황은 흐릿한 안갯속 같았다. 요시다가 자신의 옷자락을 잡은 것만 어렴풋이 기억날 뿐이었다. 으스스 몸이 떨려 이불을 머리꼭대기까지 덮어썼다. 옆에 누워 자는 노부코 할머니의 숨소리가 가만가만 들려왔다. 규칙적인 숨소리가 편안하게 들리기 시작했다.

경성부 대청소날

동희는 날마다 요시다에게 시달리는 꿈을 꾸었다. 그 때문인지 입맛도 없었다. 당장이라도 찾아올까 봐, 노부코 할머니의 장부에 흘려 쓴 글자와 숫자가 있는 부분을 살짝 오려내고, 행운당고 도시락의 비밀을 적은 종이쪽지를 색동버선에 넣어 두었다. 요시다가 나타날까 가슴을 졸였지만 경성부 대청소날이 되어도 요시다는 찾아오지 않았다.

"대청소날이다! 구석구석 묵은 때 닦는 거 알지!"

노부코 할머니가 이불을 들고 계단을 내려가며 동희에게 소리를 질렀다.

봄, 가을에 한 번씩 실시하는 경성부 대청소날이 돌아온 것이다. 대청소날에는 상점 안팎 청소는 물론 침구와 의류를 햇볕에 말리고 다다미방 건조에, 변소와 쓰레기통,

우물 청소까지 모든 걸 신경 써야 했다. 정과 동별로 하는 대청소는 전염병 예방을 위한 일이라 노부코 할머니도 당고 만드는 일을 미루고 청소를 서둘렀다.

청소부들이 2인 1조로 나무바퀴 수레를 끌고 다녔다. 그들이 쓰레기를 치우기 전에 넝마주이들이 먼저 움직였다. 골목마다 잡동사니들을 내놓아 꽤 쓸 만한 물건이 걸려들기 때문이다. 보물이나 다름없는 두툼한 겨울옷이라도 나오면 넝마주이와 거지가 실랑이를 벌이는 일도 종종 있었다.

동희는 강길 오빠도 새벽부터 움직일지 몰라 샛골목을 내다보다 얼굴을 돌렸다. 요시다라도 마주칠까 섬뜩했기 때문이다.

노부코 할머니가 빨랫줄에 이불을 널고 팡팡 두드렸다. 얼룩이가 햇살에 비치는 먼지들을 향해 앞발을 뻗어 허우적거렸다. 제법 살이 올라 통통했다.

동희는 광에서 청소도구를 꺼냈다. 솔로 미끌미끌한 우물 이끼를 걷어내느라 얼굴에서 땀이 흘렀다. 한층 말끔해진 우물은 산뜻했고 물은 더 맑아 보였다. 동희는 우물물에 비친 자신의 얼굴을 보았다. 물결의 잔 일렁임 때문인지 엄마와 닮았다던 볼록한 이마는 움푹 꺼지고 입은 불룩 튀어나와 낯설었다. 어쩌면 당연한 모습일지 모른다. 잘못을 감추고 엉뚱한 사람을 의심받게 하는 자신의 모습이 예전 그대로면 이상한 일이었다.

긴 막대 솔로 바꿔 잡은 동희가 변소 문을 열었다. 훅 풍기는 고약한 냄새에 얼굴을 찡그렸다.

"우물 청소 끝냈어?"

쪽문으로 성큼성큼 들어온 가토가 우물을 힐끔 보고는 동희 쪽으로 갔다. 가토는 대청소 때마다 '미쯔당고'의 우물과 변소 청소를 도와주었다. 가토는 동희 손에서 막대 솔을 빼앗으며 말했다.

"야, 비켜."

"괜찮아, 이젠 나도 할 수 있어."

"어쭈. 많이 컸다고. 하지만 변소 청소는 아직 위험해. 삐끗해서 변소에 빠지기라도 하면 말이야."

가토 말에 끔찍한 상상이 떠오른 동희는 슬그머니 발을 뺐다. 가토가 긴 막대 솔로 변소 바닥을 힘주어 문질렀다. 동희가 재빨리 양동이에 물을 담아오자 좀 더 가져오라고 했다.

"안 돼. 똥항아리에 물차면 노부코 할머니 화내. 똥 푸려면 돈 든다고."

코를 감싸 쥐던 가토가 물을 조금씩 끼얹자 묵은 때를 벗은 나무널판이 뽀얗게 속살을 드러냈다. 동희는 얼굴에 땀이 송송 맺힌 가토에게 바가지 가득 우물물을 떠 주었다.

"아유, 물맛 끝내준다."

덥다며 하치마키를 장작더미 위에 벗어놓은 가토가 실죽 웃더니 동희에게 바가지에 남은 물을 살짝 뿌렸다.

"너 요즘 얼굴이 왜 이렇게 어둡냐? 설마 귀찮다고 세수를 안 하는 건가. 그렇다면 시원한 물맛 좀 보여줄까? 히히."

"너어."

동희도 양동이의 물을 가토에게 흩뿌렸다. 가토는 아예 바가지를 동희 쪽으로 날렸다. 미처 피하지 못해 물폭탄을 맞은 동희가 가토를 노려봤다.

"헤헤. 미안, 미안."

가토가 혀를 날름날름 내밀고는 쪽문으로 튀어나갔다.

동희는 축축해진 유카타를 그냥 입기에 찜찜해 다다미방으로 올라갔다.

"이게 다 뭐야?"

동희 앞을 가로막은 건 임시 줄에 걸린 옷들이었다. 노부코 할머니가 장롱과 궤짝에 있는 옷들을 모두 꺼내 널어놓은 듯했다. 바람이 옷들 사이를 들락거렸다. 꼭꼭 갇혀 있던 옷들이 할랑할랑 춤을 추었다.

동희는 갈아입을 옷을 찾느라 임시 줄을 기웃거렸다. 노부코 할머니의 기모노와 오비 맨 끝으로 동희 유카타가 보였다. 유카타를 잡아당기는데 옆에 걸린 옷까지 딸려 툭 떨어졌다. 오랜만에 마주한 저고리였다.

"어, 내 옷이 아니잖아."

낯선 삼회장저고리 앞섶에 붉은 자국이 보였다. 누구 옷이지? 노부코 할머니가 입기에는 작은 듯했다. 일본인 중에도 치마저고리가 예쁘다며 갖고 싶어 하는 사람이 있다는 말을 듣긴 했다.

하지만 노부코 할머니가 핏자국으로 보이는 저고리를 보관하고 있는 이유를 짐작할 수는 없었다. 평소 깔끔한 성격의 노부코 할머니에게 어울리지 않는 행동 같았다.

동희는 유카타를 갈아입고 젖은 옷은 궤짝 안으로 밀어 넣었다. 그 바람에 색동버선이 비죽 드러난 걸 모르고 후다닥 계단으로 향했다.

할 일이 많은데 뭐 하느냐는 노부코 할머니의 호통 소리가 들릴까 봐 숨을 죽이고 한발 한발 딛느라 등줄기가 서늘했다. 마지막 계단을 내딛고서야 어깨를 들썩여 숨을 토해 냈다.

휴우.

주방 청소에 정신없는 노부코 할머니를 힐끔 보고는 걸레를 들고 상점 유리문 앞으로 갔다. 호호 입김을 불어 유리를 닦았다. 손은 부지런히 움직였지만 머릿속에는 저고리의 붉은 자국이 떠나지를 않았다.

'저고리도 적어놓을까. 시시한 거라며 요시다가 신경질을 내면 어쩌지?'

"얘가 지금 뭐 하는 거야! 유리가 거기만 있어!"

노부코 할머니가 걸레를 뺏어 던지며 화를 냈다. 딴 생각에 빠져 있느라 코앞의 유리만 수십 번을 닦고 있는 것도 몰랐다. 그 모습을 노부코 할머니가 지켜보고 있었던 것이다.

"해가 중천으로 가는데 빨리 끝내고 당고 만들어야 할 거 아니야. 참내, 곳간이며 광의 거미줄은 다 걷었고?"

"아, 네."

동희는 뒷마당으로 쏜살같이 뛰어나갔다.

노부코 할머니가 혀를 끌끌 찼다.

"쟤가 요즘 왜 저러지?"

그림자 도둑과 전찻길 사고

빡빡머리 그림자가 '미쯔당고'의 샛골목을 기웃거렸다.

낡은 보자기를 옆구리에 찔러 넣은 그림자가 고개를 젖혀 열린 창문으로 '미쯔당고' 다다미방을 올려다보았다. 온종일 해 한 줌 들지 않는 어둑한 토막집에 사는 빡빡머리에게는 꿈 같은 방처럼 보였다.

빡빡머리 그림자가 두리번거리며 샛골목으로 들어갔다. 그러고는 열린 '미쯔당고' 쪽문 안으로 고개를 들이밀었다. 인기척이 없었다. 일본식 목조주택 마당의 깨끗한 우물과 넉넉한 땔감, 그 위에 놓인 하치마키를 지나쳐 대여섯 걸음을 걸었다. 빨랫줄에 걸린 이불이 포근해 보였다.

빡빡머리 그림자는 기웃거리다 2층으로 향하는 계단을 발견하고는 고양이처럼 살금살금 발을 디뎠다.

주방 청소를 마친 노부코 할머니가 앞치마를 탁 털어 입었다. 그러고는 매장 의자에 앉아 동희를 불렀다.

"동희, 광 청소 아직 멀었냐?"

"다 끝나가요!"

광에서 나온 동희가 툭툭 먼지를 털었다.

그때였다. 뒷마당에서 덜거덕 소리가 들렸다. 노부코 할머니의 눈썹이 꿈틀 올라갔다.

"무슨 소리냐?"

동희는 가토가 나간 뒤 쪽문을 확인하지 않은 게 떠올랐다.

"대청소날 쪽문은 꼭 닫으라고 했지. 도둑이라도 들면 어쩌려고."

노부코 할머니가 말은 그렇게 해도 도둑이 든 일은 업섰다. 혼마치는 일본인들이 사는 곳이라 순사들이 자주 순찰을 돌아서 좀도둑은 보기 힘들었다.

역시나 쪽문이 열려 있었다. 바로 걸어 잠그려다 동희는 이상한 느낌이 들어 샛골목을 내다봤다. 언뜻 하치마키를 두른 뒷모습이 눈에 띄었다. 한쪽 손에 무언가를 움켜쥐고는 막 샛골목을 빠져나가고 있었다.

"어머, 저건!"

동희의 색동버선인 듯했다. 목판 당고를 팔고 한푼 두푼 모은 돈이 들어 있는, 찢어낸 노부코 할머니의 장부와 도시락의 비밀을 적은 쪽지가 있는 색동버선. 절대 잃어버려서는 안 되는 거였다. 동희는 빡빡머리에 하치마키를 두른 사람을 잡으려고 뛰었다. 지구 끝까지 따라가 잡을 생각으로 뒤쫓았다. 큰 골목으로 나오자 그 사람 손에 있는 색동버선이 더 또렷하게 보였다.

"그럴 줄 알았어. 맨날 요릿집 가고 싶다며 맛있는 거 사달라고 하더니 내 돈을 훔쳐? 가토!"

동희는 뻔뻔하게도 못 들은 척 도망가는 빡빡머리에게 고래고래 소리를 지르며 달려갔지만 미쓰코시 백화점 앞에서 놓치고 말았다.

그 자리에서 빙빙 돌며 빡빡머리를 찾느라 두리번거렸다. 그러다가 인력거 뒤에서 얼쩡거리는 빡빡머리를 발견하고는 그쪽으로 뛰었다.

'그럼 그렇지. 전차 타고 종로통 설렁탕집으로 가려고?'

숨이 차는지 저만치 앞서가던 빡빡머리가 걸었다. 동희는 이때다 싶어 소리를 질렀다.

"가토! 내 돈 내놔! 그 안엔 잃어버리면 안 되는 것도 있단 말이야! 요시다가 노부코 할머니…."

빡빡머리가 흘낏 뒤돌아보고는 다시 도망쳤다. 이번에는 동희도 놓치지 않으려고 죽을힘을 다해 뒤쫓았다.

하! 하아! 하아악!

동희는 거친 숨소리를 내뱉었다. 어느 순간 타닥타닥 뛰는 소리가 뒤에서도 옆에서도 울리는 듯했다. 자신의 발자국 소리인지 다른 사람의 소리인지 미슥미슥 어지러웠다.

그때 막 모퉁이를 돌아 나오는 전차에서 땡땡땡! 다급한 종소리가 들렸다.

쉑쉐이이익!

곧이어 쇳소리가 고막을 찢을 듯 들려왔다.

"아악!"

동희는 그 자리에 고꾸라졌다. 전찻길 주변으로 사람들이 웅성웅성 몰려들기 시작했다. 지나가던 기마경찰이 말에서 내리며 소리를 질렀다.

"전차에 사람이 치었다!"

떠도는 소문

집채만 한 전차가 동희 코앞에 멈춰 섰다.

전차에서 내린 운전사가 허둥대며 붉은 피를 뚝뚝 흘리는 다친 사람 쪽으로 달려갔다. 안절부절못하던 운전사와 모여든 사람들이 낑낑대며 다친 사람을 기마경찰의 말 위로 옮겼다. 팔다리가 축 늘어져 덜렁거렸다.

동희는 다친 사람 손이 낯설어 보이지 않았지만 딱히 생각나는 사람도 없었다. 사고 현장으로 온 순사가 삑! 삑! 호각을 불었다. 그제야 무릎을 털고 일어난 동희가 휘휘 사방을 돌아보았다. 그새 어디로 도망쳤는지 빡빡머리는 보이지 않았다. 동희는 발을 동동 굴렀다.

'어떡해! 어떡하면 좋아. 색동버선엔…'

빡빡머리를 놓쳐 속상한 동희 귀에 사람들의 웅성거리는

소리가 들려왔다.

"다친 사람 말이오, 누굴 쫓던 거 같던데요."

"그러게요. 정신없이 달리지 뭡니까. 모퉁이를 도는 전차를 발견했을 땐 이미 늦었지요. 달려가던 힘에 멈추질 못해 전차에 쳤으니. 쯧쯧."

"대체 누굴 잡으려고 뛴 거죠?"

"쟤, 아니요? 저 계집애 말이요."

콧수염 남자가 동희를 힐끗 보며 말하자 옆에 있던 남자가 고개를 저었다.

"저 앤 아닌 것 같소. 쟤를 잡으려 했으면 쉽게 잡을 거리였죠. 저 아이 뒤에서 갑자기 후다닥 뛴 걸 보면, 쟤보다 앞서 달려가던 사내아이인 것 같아요."

"저 바닥에 피 좀 보오. 많이 다쳤겠소."

동희는 그제야 자신의 뒤쪽에서 어지럽던 발자국 소리를 떠올렸다. 웅성대는 사람들 사이를 빠져나와 '미쯔당고'로 향했다. 전찻길을 물들이던 빨간 피가 어른거려 오소소 소름이 돋았다. 두 손으로 양 팔뚝을 감싸안고 걸었다.

노부코 할머니가 유리문을 열고 들어오는 동희를 노려봤다.

"쪽문 단속하고 오랬더니 어딜 다녀오는 거야?"

동희는 입술을 달싹거리다 말했다.

"사고가 났어요. 전차에 사람이 치었어요."

"또? 큰일이군. 얼마 전엔 여학생이 치었는데. 다친 사람은 어떻고?"

"피가 많이 났어요. 뚝뚝…."

"넌 어딜 갔다 오는데 전차 사고를 본 거야?"

동희는 머뭇대다 가토와 색동버선 얘기를 꺼냈다.

"가토가? 그럴 리가… 좀 전에 뭘 놓고 갔다며 마당을 구석구석 찾던데."

"좀 전에요? 색동버선 돈을 아는 사람은 가토밖에 없어요."

"올라가 확인부터 해봐."

동희는 다다미방으로 후다닥 뛰어 올라갔다. 죽은 생선처럼 입을 벌리고 있는 궤짝에 손을 넣어 찾았지만 색동버선은 감쪽같이 사라지고 없었다.

털레털레 내려오는 동희를 보며 노부코 할머니가 물었다.

"없어? 안 보이더냔 말이다."

동희가 고개를 끄덕였다. 속상해서 눈물이 핑 돌았다. 노부코 할머니가 잿빛머리를 설레설레 흔들었다.

"이상하네. 도둑질을 하고도 시치미를 떼는 것처럼 보이진 않았다. 사람 함부로 의심하면 안 되는데."

동희는 머리를 흔들며 울먹였다.

"가토가 틀림없어요. 빡빡머리에 하치마키였어요."

"혼마치에 그런 사람이 어디 한둘이냐? 색동버선을 아는 사람이 가토밖에 없는지 곰곰이 생각해 봐."

동희는 희미하게 떠오르는 사람이 있었지만 고개를 저었다. 먼저 가토를 만나 확인해야 할 것 같아 쪽문으로 달려가 빗장을 열었다.

"야, 너 어디 갔었어?"

마침 쓰레기를 버리러 나온 가토가 쪽문 너머에서 동희를 불렀다.

"내 색동버선 내놔."

"색동버선?"

가토는 장난스러운 얼굴로 웃다가 놀란 듯 눈을 동그랗게 떴다. 동희는 가토의 차분한 눈망울을 보자, 재빠르게 도망친 사람이 맞나 싶었지만 추궁을 늦출 순 없었다.

"시치미 떼지 말고 내놔. 네가 가져갔잖아."

"무슨 말이야. 색동버선이라니? 종일 청소하느라 궁둥이

붙일 시간도 없었는데, 너나 하치마키 찾아내. 아까 변소 청소하고 벗어놓은 거 기억 안 나? 어디로 감쪽같이 사라진 거야. 어!"

자신을 도둑 취급하는 동희에게 화가 난 가토는 인상을 쓰며 하치마키를 찾아내라고 다그쳤다.

동희는 그제야 찬찬히 시간을 짐작해 보았다. 아무리 발이 빠른 가토라도 황금정에서 본정까지 뛰어와 동희 앞에 태연하게 있다니. 그것도 동희가 오기 전에 하치마키를 찾으러 왔었다고? 축지법을 쓰지 않는 한 턱없이 모자라는 시간이었다.

동희는 가토의 하치마키를 찾느라 땔감 주위를 살폈다. 하지만 얼룩이가 유리알 같은 눈동자로 쳐다볼 뿐, 희끄무레한 하치마키는 보이지 않았다.

"찾았어?"

"없어."

"아휴, 어떤 멍청이가 땀으로 축축한 걸 가져갔을까. 도대체 왜! 나중에 나타나기만 해봐라. 우이씨."

동희는 쌩 돌아서 가는 가토 뒷모습을 뚫어지게 봤다.

저 옷이었나? 내 눈엔 왜 빡빡머리에 하치마키와 색동

버선만 보였지. 저렇게 깔끔한 옷은 아니었는데. 우연히 가토와 닮은 도둑이 짤랑짤랑 돈 소리가 나는 버선을 잡아 냅다 튀었을까, 혼란스러웠다.

시간이 흐를수록 전차 사고는 혼마치 골목에서 화젯거리가 되었다. 방앗간을 다녀온 노부코 할머니가 짐자전거의 받침대를 철컥 내려놓으며 하는 말에 동희는 깜짝 놀랐다.

"며칠 전 전찻길에서 다친 사람이 요시다란다. 차암."

"네? 정말요!"

동희는 다친 사람의 덜렁거리던 손이 떠올랐다. 그제야 우악스럽게 자신을 잡아끌던 손과 같다는 걸 깨달았다.

"얘가 왜 이렇게 놀라."

"어떻게 됐대요?"

"신식병원에서 수술을 받았다는 거 보니 많이 다친 모양이야."

동희는 전당포로 뛰어갔다. 정말로 문이 굳게 닫혀 있었다. 종을 여러 번 흔들었지만 올챙이배 영감은 나오지 않았다.

동희는 그날 웅성거리던 말들이 잔물결처럼 다가왔다. 다친 사람이 앞서 가던 빡빡머리를 잡으려 했다는, 그렇다면 요시다가 색동버선을….

은방울꽃 축제와 돌아온 색동버선

상점마다 걸린 은방울꽃등롱이 혼마치의 멋진 밤풍경을 만들었다. 새하얀 하치마키를 이마에 두른 상가 번영회 회원들이 둥둥 북을 울리며 '은방울꽃 축제'의 마지막 밤을 누비고 다녔다. 구경하는 사람들과 물건을 사려는 사람들이 뒤엉켜 북새통이었다.

"감사합니다!"

"아리가또 고자이마쓰!"

동희의 목소리가 자꾸 높아졌다. 축제 첫날은 작년처럼 손님이 느는 둥 마는 둥 했다. 그런데 등롱이 걸리고, 거리 행진이 벌어지고, 물건 값을 내리는 상점들이 늘수록 입소문이 퍼져 혼마치에 사람들이 몰려들기 시작했다.

동희는 밀려드는 손님들로 변소에 갈 새도 없었지만 짜

증스럽지 않았다. 손님 없는 날 우두커니 앉아 기다리며 노부코 할머니 눈치를 보는 것보다는 몇 배 신나는 시간이었다.

'미쯔당고'에서는 간장당고에 콩고물당고를 추가해서 팔았다. 첫날은 평소대로 노부코 할머니 혼자 당고 새알심을 만들었다. 당고가 떨어져도 곳간에서 숙성 중인 새알심을 미리 꺼내 팔지 않았다. 손님이 계속 오자 다음날부터 동희도 함께 당고를 빚었다. 노부코 할머니에게 몇 번 잔소리를 듣기는 했지만 점점 동글동글 크기도 모양도 일정하게 만들었다.

날마다 조금씩 양을 늘리다 축제 마지막 날에는 평소보다 두 배를 만들었다. 그런데도 다 팔고 꼬치당고 열 개 정도만 남았다.

"미쯔다앙고! 꿀다앙고!!"

동희가 목청껏 외쳤다.

가토가 귀를 막는 시늉을 하자, 노부코 할머니가 동희에게 손짓을 했다.

"반값으로 불러. 얼른 팔고 쉬자."

"미쯔다앙고 2전! 꿀다앙고 2전!"

오래지 않아 중년부인이 꼬치당고 다섯 개를, 뒤이어 모던걸들이 나머지 당고를 사들고 갔다. 동희는 두 팔을 들어 홀가분한 듯 만세를 불렀다. 노부코 할머니가 의자에 앉아 다리를 톡톡 두드렸다. 앞치마의 주머니가 터질 듯 불룩했다.

동희는 '미쓰당고'의 은방울꽃등롱을 껐다. 그리고 상점 덧문을 닫았다. 늦은 저녁을 먹으며 노부코 할머니가 물었다.

"쪽문 단속했지? 좀 전에 무슨 소리가 나는 거 같기도 해서 말이다. 귀에 거슬리는 소리가 날 때마다 신경이 쓰이니 원."

"아침에 가토 다녀가고 바로 걸어 잠갔어요."

동희는 저녁 설거지를 마치고 매장을 정리하기 시작했다. 두 개의 탁자와 등받이가 없는 의자들을 닦고 바닥을 긴 걸레로 훔쳐 냈다. 노부코 할머니는 축제 기간 동안 내놓았던 짐자전거를 가지러 뒷마당으로 나갔다.

"에그머니, 누, 누구냐?"

광 뒤, 변소 쪽에서 들리는 소리에 동희가 뛰어나갔다. 시커먼 그림자가 동희 앞에 무언가를 툭 던지고 몸을 돌리려고 할 때였다. 노부코 할머니가 재빨리 그림자의 발을 걸었다. 그림자가 균형을 잃고 엎어지자 노부코 할머니가 그 위에 발을 올려 꾹 눌렀다. 땅바닥에 고꾸라진 그림자가 끄응 소리를 냈다.

"누군데 남의 집 변소에 숨어들어!"

"똥, 똥이 마려워서."

"똥 마려운 녀석이 옷도 내리지도 않고 있다가 바로 튀어나와? 바른대로 말해!"

동희는 그림자가 던진 물건을 주워 들었다.

"어? 색동버선과 하치마키잖아."

노부코 할머니가 엎어진 사람의 벙거지를 벗겼다. 주방에서 새어나온 흐릿한 불빛이지만 한눈에도 알아볼 수 있는 얼굴. 시큼한 냄새를 풍기는 빡빡머리. 동희 눈이 화등잔처럼 커졌다.

"강길 오빠?"

"옳거니. 이 녀석이 가토를 도둑으로 착각하게 만들었군. 일어나!"

쪽문을 넘어 들어왔다는 강길 오빠가 노부코 할머니 앞에 무릎을 꿇었다.

"잘못했습니다. 대청소날 동희 놀래키려고 숨어들었다
가, 자랑하던 색동버선이 눈에 띄어 그만…"

"오빠가? 정말 오빠였어? 내가 본 빡빡머리는 벙거지도
안 쓰고 망태도 안 멨는데."

동희는 설마하던 일을 어떻게 받아들여야 할지 몰라 말
문이 막혔다.

"그러니까, 그날은 대청소날이라 새벽부터 명치정과 황
금정을 돌아 두 번이나 망태를 채워 고물상에 넘겼어. 그리
고 한 번 더 망태를 메려고 했는데 밑이 쑥 빠져버리는 거
야. 황금정에서 욕심껏 담은 유리조각이 너무 무거웠나 봐.

유리는 넝마보다 몇 갑절 비싸게 받으니까…. 급한 김에 보자기를 옆구리에 찔러 넣고 나왔어. 벙거지도 안 쓰고 망태도 없으니까 거지꼴은 아니겠다는 생각에 널 보고 싶어 본정으로 왔다가….”

팔짱을 끼고 강길 오빠 말을 듣고 있던 노부코 할머니가 입을 열었다.

“동희만 보고 가지, 남의 것은 왜 탐을 내!”

“동희가 자랑삼아 말하던 색동버선이 눈에 띄자 저도 모르게. 어머니를 병원에 모시고 가고 싶었어요. 그렇지만… 더 가지고 있으면 안 될 거 같아 몰래 두고 가려고 왔다가 인기척에 변소에 숨었는데….”

“그렇다고 오빠가 어떻게 이걸….”

동희는 강길 오빠에게 화가 치밀었다. 경성에서 유일한 고향 사람인 강길 오빠였다. 동희 처지를 알고 있어 속의 말을 다 해도 부끄럽지 않았다. 낯선 혼마치에서 자신을 알아봐 주는 사람이 있어 얼굴만 봐도 반갑고 좋았는데 실망이 컸다.

동희와 강길이 어떤 사이인지 눈치챈 노부코 할머니가 얼굴을 찡그렸다.

"고향 오빠라는 사람이 쯧쯧. 다시 가져왔다고 죄가 없어지는 건 아니다. 아무리 네 사정이 급해도 도둑질은 안 될 일이지."

강길 오빠가 고개를 푹 숙였다.

"뭐 하고 있어? 동희에게 사과하지 않고."

강길 오빠의 어깨가 들썩들썩 흔들렸다.

"허엉, 미안해 동희야…. 버선은 열어보지도 않았어. 열어보면 갖고 싶을 거 같아서. 날마다, 날마다 내 머리를 쥐어박으며 후회했어."

동희는 쌩 뒤돌아 계단으로 향했다. 도둑으로 의심한 가토에게 미안했고, 자신을 실망시킨 강길 오빠는 꼴도 보기 싫었다. 노부코 할머니가 강길 오빠에게 이것저것 묻는 눈치였지만 쿵, 쿵 다다미방으로 올라갔다. 동희의 씁쓸한 기분을 알기라도 하듯 계단이 유난스레 삐거덕거렸다.

다다미방으로 올라온 노부코 할머니가 앞치마의 돈을 꺼내 셌다. 그러고는 동희에게 50전을 건네주었다.

"축제 동안 애쓴 네 몫이다. 돈 자랑 함부로 하지 말고. 돈을 올바르게 쓸 줄 알아야지 자랑은 무슨."

"네. 이렇게나 큰돈을… 감사합니다."

도이리와 신사 그림이 있는 낯설지 않은 지폐다. 색동버선에 돈을 넣는 동희에게 노부코 할머니가 물었다.

"어디에 쓰려고?"

"처음엔 집으로 돌아갈 줄 알고… 이젠 돌아갈 집이… 그렇다고 언제까지나 여기 살 수도 없잖아요."

"홀로서기를 위해 모은다는 말이군. 동희 보기보다 야무진 데가 있네. 그렇지만 돈만 있다고 독립할 수 있겠니?"

동희는 노부코 할머니가 자신의 말을 귀담아 들어주자 목소리가 올라갔다.

"공부하고 싶어요. 이 돈이면 학교에 갈 수 있을까요?"

노부코 할머니의 이마 주름이 올라가며 눈이 반짝였다.

"몸이 크듯 생각도 자라려면 올바른 공부가 필요하지. 암. 그래서 미래를 차근차근 준비하면 좋겠지."

"그렇지만 전, 학교에 갈 수 없잖아요."

"글쎄다."

동희 귀가 번쩍 틔었다. 글쎄다, 라고 말하는 건 가능성이 조금은 있다는 뜻이라는 것쯤은 알고 있었다.

"너만 부지런하다면야, 야학에 다니면 된다만."

"야학이요?"

"밤에 배울 수 있는 학곤데… 그건 쉽지 않아. 밤길을 다니는 건 위험해. 위험하고 말고."

노부코 할머니는 쓸데없는 생각이라며 이부자리나 깔라고 했지만 동희는 야학이 머릿속에서 떠나지 않았다. 계집애라서 위험하면 남장을 하고라도 다니면 될 것 같았다. 동희는 생각만으로도 하늘을 붕 나는 기분이었다.

축제 다음 날, 혼마치의 상점들은 대부분이 문을 닫았다. 축제 후 주어진 달콤한 휴식이었다.

"이거 네 하치마키 맞지? 내가 깨끗이 빨았어. 내 색동 버선도 찾았고."

가토가 씽긋 웃고는 우동집 가족과 창경원에 가기로 했다며 쪽문으로 들어갔다.

외출 준비를 하던 노부코 할머니가 동희에게 같이 갈 데가 있다며 준비하라고 했다.

어디를 가는 걸까?

허튼 돈을 절대 안 쓰는 노부코 할머니가 인력거를 불러 탔다. 처음 타보는 인력거가 신기했다. 지나가는 사람들이 동희보다 조금 아래에서 움직이는 느낌이라 으쓱했다.

인력거가 혼마치를 벗어나자 울퉁불퉁한 길을 달렸다. 고르지 않은 땅바닥을 지날 때마다 엉덩이가 툭, 툭 치받쳤다. 광희문 밖으로 나오자 길거리에 내다버린 오물 냄새에 코를 틀어쥐었다. 더는 못가겠다는 인력거꾼에게 노부코 할머니가 삯을 넉넉히 주겠다며 고물상을 물어물어 찾아갔다.

"저쪽인가 보구나."

토막집 서너 채를 지나 넝마와 고물을 쌓아둔 곳을 가리켰다. 고물상 주인으로 보이는 사내가 노부코 할머니를 구석진 토막집으로 안내했다. 노부코 할머니가 토막집 거적을 들추며 누군가를 찾았다. 그러자 안에서 불쑥 강길 오빠가 나왔다.

"어? 어떻게 여기까지."

토막집은 낮인데도 창문이 없어 그런지 어두컴컴했다. 고약한 냄새가 코를 찔렀지만 노부코 할머니는 찡그리지 않고 누워 있는 강길 엄마 곁으로 갔다. 강길 엄마는 바짝 마른 몸으로 퀭한 눈을 감았다 힘겹게 떴다. 동희를 알아보지 못하는 것 같았다.

"병원 갑시다. 이러고 있다간 큰일 치르겠소."

노부코 할머니와 강길 오빠가 엄마를 부축해 인력거에

태웠다. 그러고는 인력거꾼에게 경성제국대학병원으로 가라고 당부했다. 강길 오빠의 목소리가 떨렸다.

"감사합니다. 저엉말…."

"곧 따라갈 테니 어머니 잘 부축하고."

광희문 밖을 벗어난 노부코 할머니와 동희가 전차를 탔다. 몇 정거장을 달려 병원 대기실에 있는 강길 오빠를 만났다. 숨을 몰아쉬는 강길 엄마가 위태로워 보였다.

노부코 할머니가 응급환자라며 의사를 붙잡고 사정을 해서 겨우 진찰을 받았다. 의사는 강길 엄마가 다친 허리 때문에 꼼짝 못하고 누워만 있어서 엉덩이 살이 썩어 들어갔다며, 영양실조로 생명을 잃을 뻔했다고 혀를 찼다. 의사에게 입원 치료를 부탁하고 돌아서는 노부코 할머니에게 강길 오빠가 고개를 숙였다.

"은혜를 어떻게 갚아야 할지요."

"너보다 더 어려운 사람에게 돌려주면 된다. 살면서 꼭 그렇게 갚을 날이 올 거야. 입원비 걱정 말고 어머니 잘 보살펴 드려라."

강길 오빠 등을 토닥여주는 노부코 할머니가 거인처럼 느껴졌다. 왜 강길 오빠를 도와주냐고 물었다.

"꺼져가는 생명을 보고도 가만있으란 말이냐? 도울 수 있으면 도와야 도리다. 네가 얼룩이를 보살피는 것도 그런 이유 아니겠니."

동희는 전차를 타고 '미쯔당고'로 가는 동안 따스한 난로 곁에 있는 듯 훈훈했다. 겨울나무처럼 메마르고 차갑게만 보이던 노부코 할머니의 등. 그 등에 얼굴을 가만히 갖다 댔다. 햇볕 받은 이불처럼 포근했다. 노부코 할머니가 고개를 돌려 동희를 봤지만 밀어내지 않았다.

노부코 할머니의 놀라운 사연

원수는 외나무다리에서 만난다더니, '퇴원하는 날,' 동희는 병원에서 요시다와 마주치고 말았다. 요시다가 강길 엄마와 같은 병원에 있을 줄은 꿈에도 몰랐기에 당황스러웠다. 목발을 짚은 요시다는 움푹 패인 볼 때문인지 눈빛이 더 날카로워 보였다.

요시다는 강길 엄마의 퇴원 절차를 마치고 온 노부코 할머니 코앞에서 수첩을 꺼냈다. 그러고는 종이쪽지를 디밀었다.

'독립'

흐릿한 글자 그대로였다.

"그게 뭐요?"

노부코 할머니가 요시다와 당황한 동희를 번갈아 봤다.

지나가는 사람들이 신경 쓰였는지 요시다는 자신의 병실로 두 사람을 끌었다. 요시다가 눈짓을 하자 올챙이배 영감이 병실을 나갔다.

"이걸 모르신다? 자신이 당고 안에 넣은 게 아니라고 발뺌이라도 하려나?"

노부코 할머니는 요시다가 가지고 있는 손톱만한 종이를 다시 한 번 들여다보며 고개를 흔들었다.

"이걸 내가 당고에 넣었단 말이요?"

"당신 말고 당고를 만든 사람이 또 있나?"

"축제 때 잠깐 동희가 거들었지만, 그 전이라면 나 말곤 없소. 거참 이상하네. 그런 걸 누가 넣었을까. 아무튼 당고 안에서 종이 쪼가리가 나온 건 잘못된 거요. 관리 못한 내 책임도 있으니 사과하겠소. 미안하오. 다음에 오면 꼬치 당고 맘껏 드시게 하리다. 음, 그렇다고 여기까지 데려와 따지는 건 심하지 않소!"

"종이 쪼가리에 적힌 거 못 봤나!"

"독립, 말이요?"

"불경스러운 단어를 보고도 아무렇지도 않아?"

노부코 할머니의 어리둥절한 표정을 보던 동희가 고개를

푹 숙였다.

"불경스럽거나 말거나 누가 쓴 줄도 모르는 걸 가지고 나한테 들이대면 어떡하나."

노부코 할머니가 입술을 앙다물고 돌아서자 요시다가 목발로 앞을 막았다.

"모른 척 꽁무니를 빼시겠다? 이 종이 쪼가리를 들이미니깐 아주 불편한가 봅니다. 조선구락부 끄나풀 맞나? 흐흐. 당신이 만든 당고 안에서 나왔으니 무사하진 못할 텐데!"

핏발 선 흰자위를 희번덕거리며 요시다가 식식거렸다.

"어허. 그렇게 흥분하면 회복에 나쁘지 않겠소? 그걸 당고 안에 누가 넣었는지 모르겠지만 나와는 상관없소. 정의심스럽거든 순사를 부르든가!"

노부코 할머니도 요시다와 맞서 눈에 힘을 주었다.

"그래? 그렇다면 지금 당장 확인해보자구!"

요시다는 병원 전화로 종로경찰서 순사를 불렀다. 혼마치 주재소 순사였던 요시다가 신고를 한 때문인지 순사 한 명이 득달같이 달려왔다.

순사가 걸을 때마다 옆구리에 찬 긴 칼에서 찰쏙찰쏙

차가운 소리가 났다. 순사는 요시다가 내민 '독립' 종이쪽
지를 살피며 그의 말을 찬찬히 들었다.

동희는 얼음장같이 차가워진 두 손을 꼭 마주 잡았지만
몸이 속절없이 덜덜 떨렸다. 힐끗 동희를 본 요시다가 대
뜸 물었다.

"너, 그동안 내가 말한 거 차곡차곡 모아놨지. 어?"

요시다가 마치 색동버선 안을 본 것처럼 동희를 몰아붙
였다. 동희의 흔들리는 눈동자를 훔쳐본 요시다는 나직하
게 속삭였다.

"뭐든 말하면 네 애비한테 데려다준다니까."

동희는 문득, 2년 전 창경원에서 아버지가 있는 곳을 안
다고 부드럽게 속삭이던 요시다가 떠올랐다. 아버지가 있
는 곳으로 가자던 새빨간 거짓말쟁이 요시다. 어쩌면 아
버지가 금광에서 큰돈을 벌었다는 것도 거짓말일지 모른
다. 아버지가 금광에서 돈을 벌었다면 자신을 찾아오지
않을 리 없었다.

동희는 결심한 듯 순사 앞에서 입을 열었다.

"그건, 그건요. 제가 쓴 거예요."

동희 고백에 여섯 개의 눈동자가 동그랗게 커졌다.

"당고 안에 넣은 것도 제가 그랬어요."

순사가 동희를 빤히 보며 물었다.

"독립을 네가 썼다고? 당고 안엔 왜 넣었어?"

순사가 동희 얼굴을 뚫어져라 쳐다보았다. 동희는 더는 피해서는 안 된다고 생각했다. 그랬다간 노부코 할머니에게 어떤 일이 닥칠지 생각만 해도 끔찍했다. 그날 일을 솔직하게 털어놓았다. 동희 말을 들은 순사가 어이없다는 듯 피식 웃었다.

"우동집 가토와 네가 썼다는 거야? 그렇담 확인해 보면 될 일이군. 아이들 장난인지 아닌지. 으음. 요시다, 이런 일로 사람을 오라 가라 하다니!"

요시다가 동희를 사나운 얼굴로 노려보았다.

"거짓말이요! 아주 맹랑한 계집애군. 나한테는 노부코가 그랬다고 했소."

고개를 푹 숙인 동희 눈에 그렁그렁 눈물이 맺혔다.

"그땐 너무 무서워서…."

우물거리는 동희 앞으로 노부코 할머니가 나섰다.

"요시다가 얼마나 윽박지르고 겁을 줬으면 이 아이가 말 한마디 못했을까."

동희는 입술이 바짝바짝 타들어갔다. 자신의 실수가 이렇게까지 커질 줄은 상상도 못했다.

순사가 그만 가겠다고 몸을 돌렸다.

"안 돼!"

요시다가 소리를 꽥 질렀다.

"노부코나 저 계집애가 만에 하나라도 조선구락부와 연결되어 있으면 어쩔 거요! 조센징들이 얼마나 교묘하게 독립자금을 모으고 비밀스럽게 독립운동을 하는지 모르시오?"

순사가 마땅찮은 얼굴로 요시다를 보며 이죽거렸다.

"덮어놓고 의심부터 하는 건 여전하군. 노부코가 혼마치에서 당고를 판 지 몇 십 년인지 아오? 경성에 사는 일본인치고 이집 당고를 안 먹어본 사람은 없을 거요. 한결같은 당고 맛으로 보나 여태 남하고 시비 한 번 없는 것으로 보나, 거짓말할 사람은 아니잖소. 바쁜 사람 오라 가라 이게 뭐요."

웬일인지 요시다가 어깨를 움찔 움츠렸다.

"아무리 작은 거라도 의심스러우면 신고할 수 밖에요."

"좀 전에 얘한테 듣지 않았소? 가토가 독립을 물어봐서

저도 재미삼아 적은 거라는데 차암. 이 아이는 비밀의 방으로 독립을 원한다니, 딱 들어도 아이다운 상상 아니요. 자기 방을 갖고 싶어 하는 건 아이들 소망이잖소."

"아무래도 조선구락부 냄새가 난다는 데도. 내 별명이 조선인 저승사자인 거 몰라?"

"예전엔 그랬겠지. 순사 잘린 지가 언젠데. 아, 맞다. 작년인가, 요시다 당신이 조선 독립자금 모은다고 신고해서 경찰서가 발칵 뒤집힌 적이 있었지. 그게 부인들 계모임이지 않았나? 거기에 조선인 부인이 끼어있는 걸 독립자금 모은다고 찔렀지. 올핸 잠잠하다 했더니. 이제 누가 당신 말을 믿겠소. 이깟 종이 쪼가리, 그것도 애들이 장난친 걸 가지고."

순사가 요시다를 한심하다는 듯 보고는 병실 문을 벌컥 열고 나가버렸다.

요시다는 순사가 나간 문을 목발로 쿵! 찍었다. 그러고는 무엇이 생각났는지 절룩거리며 동희 앞으로 다가왔다.

"너 그날, 내가 사고 나던 날 말이다. 어떤 애를 뒤쫓으며 색동버선이 어쩌고 그 안에 노부코 비밀 어쩌고 했어, 안 했어? 내가 그 색동버선을 뺏으려다 사고가 난 걸 생각하면. 이렇게 목발 신세가 된 것도 따지고 보면 너 때문인데 시치미를 떼!"

요시다가 동희 팔을 쿡쿡 찌르며 으르렁거렸다.

"색동버선엔 돈…."

요시다가 동희 말을 자르며 찌푸렸던 얼굴을 폈다.

"아하, 돈. 돈이 들었군. 그날 사고만 안 났음 내 것이 됐을걸. 그것 말고도 뭔가 있지? 사실대로 말하지 않으면 이젠 총독부에 찌를 거다!"

노부코 할머니가 기다렸다는 듯 끼어들었다.

"맘대로 하쇼. 날 협박하면 무서워 벌벌 떨 줄 알았나. 어림없지!"

요시다 얼굴이 붉으락푸르락했다.

"이 늙은이가 눈에 뵈는 게 없나! 총독부에 찌르면 비밀경찰이 쫙 깔려 조사에 들어간다는 거 몰라?"

노부코 할머니가 콧방귀를 뀌자 요시다가 대뜸 소리를 질렀다.

"저 아이, 내가 너무 싸게 넘겼소!"

"무슨 말이요?"

"2년 전에 저 아이 몸값을 너무 적게 받았단 말이오. 이십

원을 받고 넘기다니. 이 아이 다시 내게 넘기시오. 그럼 이 종이 쪼가리는 찢어버리겠소."

"아하, 협박하면 귀찮아 돈을 찔러줄 줄 알았다가 안 통하니까, 2년 전 얘기까지 들먹이는군. 이젠 제법 일본말도 할 줄 알고. 혼마치 지리도 꿰뚫고, 거기에 어지간한 일은 알아서 해내는 이 아이가 아무것도 할 줄 모르던 때와는 천지 차이겠군. 옳거니, 혼마치에서 막 장사를 시작하려는 일본인이라면 덥석 물겠군. 이 아이 몸값으로 육칠십 원은 받으려나. 그걸 당신이 가로채겠다 이거군. 억지 그만 부리고 몸조리나 잘하오. 협박 사기로 신고하기 전에!"

자신의 속셈이 들통난 요시다가 키득키득 비웃었다.

"독립 자나 쓰는 조선 아이를 어찌 그리 두둔하나? 나 같으면 나중에라도 골치 아플까 그냥 내줄 거 같은데. 이년 동안 실컷 부려먹고 몸값 돌려준다는데 말이야. 평소 뚝뚝하던 노부코답지 않아."

"사람이 물건이오? 필요할 땐 쓰고 돈 주면 되팔아버리는 물건이냔 말이오!"

노부코 할머니가 요시다를 무섭게 노려봤다. 그 눈빛이 어찌나 강렬한지 요시다가 슬그머니 고개를 돌리고 말았다.

"부모에게 버림받은 아이요. 이 아이를 또 내친다면 너무 가엾지 않소."

노부코 할머니가 동희 손을 잡고 병실을 나왔다. 동희 손을 꽉 쥔 노부코 할머니 손이 촉촉하게 젖어 있었다.

아버지가 놓은 동희 손을 노부코 할머니는 꼭 잡고 놓지 않았다. 뚝뚝한 노부코 할머니의 손은 생각보다 따스했다.

'미쯔당고' 골목이 저만치 보이면서 노을이 깔리기 시작했다. 동희의 부끄러운 얼굴빛처럼 발갛게 머물다 사라지자 은방울꽃가로등에 부옇게 불이 들어왔다.

동희는 부스럭부스럭 색동버선에 든 것을 꺼냈다. 그것을 노부코 할머니 앞에 놓았다. 노부코 할머니는 자리끼 물을 따르다 말고 물었다.

"이게 다 뭐냐?"

"그동안 할머니를 훔쳐봤어요. 요시다가 시켜서…."

동희는 노부코 할머니 장부에서 찢어낸 부분과 행운당고 도시락과 치마저고리의 붉은 자국에 대해 적은 종이쪽지를 펼쳐보였다.

노부코 할머니 얼굴이 점점 어둡게 변했다. 몸속 깊은 데서 나오는 듯한 한숨을 내뱉었다. 그러나 입을 굳게 다물고 아무 말도 하지 않았다.

한동안 다다미방에는 정적이 흘렀다. 동희는 쓸데없는 짓을 했다며 노부코 할머니가 버럭 화를 내면 차라리 편할 것 같았다. 어떤 질책이라도 받을 자세로 고개를 숙였다.

얼마나 지났을까? 누부코 할머니가 입을 열었다.

"이게 뭐라고 생각하는지 한번 들어볼까? 네 관찰력도

보통은 아닌 것 같다."

동희는 찢어놓은 장부의 ㄱ-30 ㄹ-20 ㅂ-10을 떨리는 손가락으로 짚었다.

"음. 그러니까. 기역, 리을, 비읍은 구락부의 닿소리 같은데, 그 옆의 숫자는 도무지 모르겠어요. 제일 궁금했던 건 도시락의 돈이었어요. 신바 아저씨네서 감쪽같이 사라져버린… 할머니는 빈 도시락을 내민 나에게 그 돈에 대해 묻지도 않으셨어요."

"내가 조선구락부일지 모른다고 생각했구나. 음. 그렇게 짐작하면서도 요시다에게 말하지 않았다?"

"일본 사람인 할머니가 조선구락부일 리 없다고 생각하면서도, 그러면서도… 내 안의 의심덩어리가 자꾸자꾸 커져 무서웠어요. 할머니가 의심스럽다고 요시다에게 말하면 경찰서에 끌려가야 하고, 그러면 경찰에서는 죄가 없어도 죄로 몰아간다고… 생각만 해도 끔찍했어요."

동희는 잠자코 있는 노부코 할머니 눈치를 보다 그것들을 주섬주섬 그러모았다. 색동버선에 우겨넣고는 머뭇대다 이부자리 안으로 들어갔다. 자리에 눕자마자 괜한 말을 꺼낸 걸 후회했다. 자신의 어리석은 행동을 탓하며 이불을 머리끝까지 올렸다. 노부코 할머니는 자리끼 물을 마시고 전깃불을 딸깍 껐다. 동희 옆자리에 누워 잠들지 못하고 뒤척이다 입술을 뗐다.

"네가 유카타를 입고 다다미방에서 잔다고 일본 사람이 더냐?"

동희가 이불자락 사이로 얼굴을 내밀었다.

"아니요. 전 조선 사람이에요. 유카타는 입고 싶어 입은 게 아니잖아요."

"그런 사람이 너 뿐이겠니."

"여기 혼마치에서 일하는 저 같은 조선 아이들은….."

"그 아이들뿐일까?"

도무지 짐작할 수 없는 노부코 할머니의 물음에 동희는 호기심이 확 일었다. 누군가 그렇게 살고 있는 사람들이 있다면 왜지? 어둠을 뚫고 노부코 할머니의 이야기가 시작되었다.

1881년 진고개(혼마치)에서 태어난 수자(修子). 수자의 일본식 발음이 노부코였다. 아직 노부코라고 불리기 전, 그러니까 수자는 일곱 살 때 조선의 궁으로 들어갔다. 그곳

생물방[16]에서 일하다 열다섯 나이에 끔찍한 사건을 맞았다고 했다.

"을미년[17]에 일어난 일이지. 일본 사무라이들이 왕비를 죽이려고 궁에 쫙 깔렸었다. 난 다른 나인들과 곳간에 숨었다가 왕비를 찾으러 온 사무라이 칼에 친구 나인이 죽는 걸 봤지. 그때 친구 피가 내 저고리에 튀었어. 푹푹 찌던 8월이라 피비린내가 궁을 뒤덮다시피 했는데 어찌나 무섭던지 뛰쳐나와 무작정 달렸다. 간신히 궁을 빠져나와 지나가던 어떤 사람 손을 덥석 잡았어. 살려달라고 무조건 매달렸다."

'노부코 할머니가 조선 사람이었다니!'

노부코 할머니가 이어서 말했다.

불행인지 다행인지 수자는 손을 잡은 사람과 함께 지내게 되었다. 그렇게 수자는 다섯 살 많은 일본 남자와 결혼을 해 살림을 차렸다. 남편은 그때부터 수자를 일본식 이름인

---

16 조선시대 궁궐의 부엌으로 떡, 죽, 화채, 차, 생과 등 후식과 별식을 장만하던 곳이다.

17 1985년 8월 20일, 일본이 경복궁 옥호루에서 명성황후를 시해한 을미사변을 말한다.

139

노부코라 불렀다. 수자는 남편 성을 따라 시마자키 노부코가 된 것이다.

몇 년이 지난 어느 날, 남편은 노부코를 진고개로 이끌었다.

"혼마치, 이곳에서 살아야겠소. 경성에서 일본인 거주지로 이만한 곳도 없을 거요. 우리 집을 짓고, 일 층엔 잡화점을 차립시다."

남편과 함께 혼마치를 찾은 노부코는 어느 초가집에서 발길을 멈췄다. 그리고 대문도 없는 그 집에 불쑥 들어갔다. 우물이 보였다. 파르스름한 이끼가 잔뜩 낀 우물을. 그제야 아련한 어린 날의 기억이 떠올랐다. 그 우물물을 길어 조롱박에 떠 주던 어머니. 어린 나이였지만 우물물의 순하고 달큼한 맛을 잊을 수 없었다. 궁으로 떠나던 날에도 그 물을 마시고 폴짝폴짝 뛰어 초가집을 떠났었다.

초가집을 허물고 일본식 집을 지을 때 남편은 우물을 덮자고 했지만 노부코는 안 된다고 한사코 우겼다.

"이 집을 짓고 어찌나 좋던지. 남편과 일 층에 잡화점 물건을 들여놓으며 싱글벙글 웃었단다."

노부코 할머니가 목이 메는지 한동안 말을 잇지 못했다.

행복은 길지 않았다. 남편이 열병으로 갑자기 죽는 바람에 배 속의 아기와 살길이 막막해졌다. 너무 마음이 상해 그랬는지, 아기마저 유산을 하고 노부코 할머니는 혼자가 되었다. 품목이 많아 혼자서는 꾸려가기 힘든 잡화점을 치우고 그때부터 당고를 팔게 되었다. 궁의 생물방에서 떡을 만들어 본 솜씨로 당고는 수월하게 만들 수 있었다. 솜씨와 정성이 통했는지 '미쯔당고'에는 손님들 발길이 끊이질 않았다.

"장사가 자리를 잡고 돌아보니 어린 날의 진고개가 혼마치란 이름으로 일본인들로 채워지고, 그들이 주인 행세를 하는 일본이 되어가더구나. 그제야 이곳을 나만이라도 지켜야겠다는 생각이 번쩍 들었어. 그래야 빼앗긴 땅을 다시 찾을 수 있겠다는."

노부코 할머니 말소리가 나지막하게 이어졌다.

"그러던 중 혼마치에 조선인 상인들이 있다는 걸 알게 되었고, 그들도 나와 비슷한 생각을 하고 있는 걸 알았지. 우린 일본에게 빼앗긴 조선을 찾을 독립자금을 모으기 시작했단다."

"제가 본 장부의 숫자가?"

"그래, 거기 숫자는 도시락에 넣어 보낸 독립자금이야. 네가 봤다던 지폐지."

동희는 문득 얼마 전 꿈이 어렴풋이 떠올랐다. 전차의 낯선 행선지 ᄼ ᄔ ᄀ ᄂ ᄇ → ᄃ ᄂ 와 그곳에 있던 잿빛머리 여자와 신바 아저씨, 그리고 사람들….

노부코 할머니는 조선이 독립되는 날까지 이곳에서 노부코로 살 것이라고 했다. 굳이 조선 옷을 입고 수자로 바꿔 일본의 표적이 될 필요는 없다며. 이 모습으로라도 진고개를 지켜낼 수 있다면 겉모습이 뭐가 중요하겠느냐고 했다. 동희는 고개를 끄덕였다.

이곳 혼마치의 조선인 주인들은 얼마나 있을까. 오백여 개의 상점들 중에서 고작 몇 십 명이나 될지 모르지만 까만 하늘에서 유난히 반짝이는 별들처럼 이곳을 비추고 있을 것이다.

노부코 할머니는 상해 임시정부로 보낼 독립자금을 모으는 건 비밀작전 같은 거라고 했다. 일본에게 꼬투리를 잡히지 않으려고 방법을 수시로 바꾼다며, 조선구락부의 대장격인 신바 아저씨에게 보내는 돈을 처음에는 쌀값처럼 줬고, 동희가 온 다음부터는 행운당고 도시락에 넣어

주었다고 했다. 이제는 다른 방법을 생각해 봐야겠다며, 혼마치를 다시 조선의 진고개로 되찾을 거라고 힘주어 말했다. 앞으로 어떤 방법일지 모르지만 당분간은 신바 아저씨의 눈깔사탕을 먹지 못할 것 같아 동희는 조금 서운했다.

다음 날 아침, 동희는 노부코 할머니에 대해 모아놓은 것들을 아궁이에 던졌다. 화르르 타오르는 불길에 그동안의 걱정도, 노부코 할머니에게 들은 얘기도 탈탈 털어 넣었다. 시뻘겋게 일렁이는 불길이 모든 걸 삼켜버렸다.

비밀의 방이 열리다

동희 손바닥에 자그마한 열쇠가 놓였다.

"희망 사항이라고 했지?"

비밀의 방을 써도 좋다는 노부코 할머니의 허락이었다.
생각지도, 상상하지도 못한 선물이었다.

"진짜, 정말요?"

"뭘 자꾸 물어. 싫음 그만둬."

동희는 열쇠 잡은 손을 얼른 오므렸다.

"아니, 아니요. 너무 기뻐서요."

두근두근. 동희 가슴은 설렘으로 가득했다. 우윳빛 벽지
에 레이스 커튼이 쳐진 창문을 상상하며 드르륵, 드륵. 두
겹의 장지문을 열었다.

"아, 아아!"

다다미 네 장 반이 깔린 아담한 방이었다. 레이스 커튼은 없지만 마주 보이는 곳에 벽장이 있어 마음에 들었다. 벽장 안에는 노부코 할머니 것으로 보이는 상자가 놓여 있었다. 무엇이 들었을지 궁금했지만 이제 훔쳐보는 짓은 하고 싶지 않았다. 장지문 쪽의 갈색 커튼을 걷어버려 그런지 방이 한결 밝아보였다.

노부코 할머니가 자신의 아이에게 주고 싶었다던 비밀의 방을 동희에게 준 것이다. 동희를 가족으로 받아들인다는 뜻이었다. 계단을 내려가는 노부코 할머니 등 뒤에서 동희가 방그레 웃었다.

자기 방으로 궤짝을 옮기고 이부자리를 갖다 놓았다. 그러고는 겹으로 된 장지문을 닫았다. 앞으로는 장지문이 아닌, 복도 쪽의 미닫이문으로 드나들면 된다.

동희는 비밀의 방을 품에 안 듯 팔을 벌려 뱅글뱅글 돌았다. 눈치 보지 않아도 되는 공간이었다. 아버지를 그리며 실컷 울 수도, 종이에 조선 글자를 마음껏 쓸 수도 있는 자신의 방이 너무도 마음에 들었다.

창문을 열어 내려다봤다. 우동집 앞을 청소하는 가토와 지나가는 사람들. 낯익은 풍경이었지만 어쩐지 새롭게

다가왔다. 이곳에서 다시 태어난 듯한 느낌에 동희는 가
슴이 벅차올랐다.

"난 드디어 비밀의 방으로 독립했어!"

우물물을 마시러 온 가토에게 자랑을 늘어놓았다.

"오, 축하해. 나도 이삼 년 후면 독립할 수 있을 거야."

"그렇게 빨리?"

"얼마 전부터 우동집 육수를 내가 내기 시작했거든. 앞
으로는 노부코 님께 부탁해서 우물물을 써야겠어. 그럼
육수 맛이 훨씬 좋을 거야."

"대단한데."

"혼마치에서 최고 맛난 우동집을 낼 거야. 넌 공짜다."

"공짜, 왜?"

"음. 내 꿈에 대해 귀 기울여 들어준 건 네가 처음이었
어. 나한테 독립 자를 가르쳐준 것도. 그러니까 넌 특별한
손님이란 말이지."

"특별한 손님, 좋은데. 참, 얼룩이가 샛골목에서 노랑이
쫓아낸 거 알아?"

가토가 하치마키를 긁적였다.

"그랬어? 샛골목은 원래 얼룩이가 살던 곳인데 뭐. 그동안

노랑이한테 뺏긴 것도 억울한데 잘됐다. 샛골목에 다시 평화가 온 거네."

동희는 오후에 신바싸전 옆의 방앗간으로 향했다. 노부코 할머니의 짐자전거를 타고 아슬아슬하게 전찻길을 건너 달렸다. 그동안 동희는 '미쯔당고' 골목에서 자전거 타는 연습을 했다. 수차례 넘어져 무릎이 깨지기도 했지만 기어이 자전거를 혼자 탈 수 있게 되었다.

방앗간을 나와 신바싸전에 들렀다. 그곳에서 일하게 된 강길 오빠와 반갑게 눈인사를 했다. 강길 오빠의 딱한 사정을 알게 된 신바 아저씨가 싸전에 비어 있는 방을 내주어 엄마와 함께 지내게 한 것이다. 우마차의 쌀을 창고로 옮기고 난 강길 오빠가 이마의 땀을 손등으로 훔쳐 냈다.

신바 아저씨가 동희를 반갑게 맞았다.

"다음 주부터지? 너희들 야학 다니기로 한 거?"

"네!"

동희가 밝게 웃자, 강길 오빠도 히죽 입꼬리가 올라갔다. 밤길에 다니는 야학이 위험하다는 말에 강길 오빠가 동희 보호를 자처한 것이다. 신바 아저씨는 기특하다며 함께 공부하라고 허락했다.

모르는 것을 알아가는 기쁨을 맛볼 공부 생각에 동희는 기뻤다. 아직 무엇을 배울지 모르지만, 어쩌면 당장 필요한 지식이 아닐지도 모르지만, 무엇이 올바른 길이고 그 길을 왜 가야하는지 스스로 생각할 수 있는 힘이 생기기를 바랄 뿐이었다. 일본에게 빼앗긴 이곳을 되찾는 날, 떳떳하게 그 일을 함께했음을 말하게 되길 소망했다.

휙, 겨울을 재촉하는 바람이 불었다. 명치정의 아까시 가로수 잎들이 소리 없이 떨어져 흩어졌다. 목덜미에 닿는 바람이 선뜻했다. 동희는 어깨를 움츠리는 대신 자전거 페달을 힘껏 밟았다.

아무도 모르는 나무통 안에서 숨을 쉬고 꿈을 꾼다는 뽀얀 당고 새알심. 손가락 사이로 스르륵 빠지는 탱글탱글한 새알심이 만족스러운 듯 고개를 끄덕이고 있을 노부코 할머니의 '미쯔당고'로 거침없이 달렸다.

일제강점기
수많은 동희들을 위해!

　어려서부터 책은 가까운 친구였습니다. 책 속의 주인공이 되어 즐거움과 기쁨을 맛보기도 시무룩한 슬픔에 빠지기도 했지요. 그러면서 언젠간 나도 독자의 마음을 움직이는 책을 쓰고 싶다고 생각했습니다.

　생각은 실천이라는 힘을 보태면 이루어지듯, 평소에도 역사에 관심이 있었기에 일제강점기를 찬찬히 공부했어요. 우리나라 자존심에 상처 받은, 들여다보고 싶지 않은 시대이지만 피하지 않고 마주보기로 했지요. 지워버리고 싶은 역사에서도 깨달음은 얻을 수 있으니까요.

　여러 권의 일제강점기 관련 정보책들을 보다가 '당시 혼마치(명동) 거주민들 96퍼센트가 일본인이었다.'라는 문구에 덜컥 가슴이 내려앉았어요. 조선의 중심지인 경성, 그곳의 가장 화려한 상점 거리에 있는 500여 개 가까운 가게들 대부분이 일본인들 차지였다니…. 불편한 마음 때문인지 책장을 넘기는 손이 살짝 떨리더라고요. 그 당시 조선 전체에 거주하던 일본인들은 8퍼센트도 되지 않았거든요.

쓸쓸한 마음에 책을 넘기다 문득 혼마치 4퍼센트의 사람들은 누구였지? 라는 궁금증이 생겼어요. 그렇게 4퍼센트의 사람들을 찾아 상상의 여행을 떠나게 되었어요. 그리고 1930년대를 사는 상상 속 친구 동희를 만났지요. 절망적인 상황에서도 희망을 잃지 않는 동희의 이야기를 다 쓰고, 오랜만에 명동 거리를 나가보았어요.

우리나라가 맞나 싶을 정도로 명동 거리는 외국인들로 북적거렸어요. 중국, 일본, 동남아 등등에서 온 낯선 사람들이 뒤엉켜 물건을 고르고, 우리나라 상품을 바리바리 사들고 비빔밥과 삼계탕을 먹으로 찾아다니는 모습을 보니 뿌듯했어요. 1932년의 혼마치가 아닌 세계인이 즐겨 찾는 자랑스러운 대한민국의 명동이었으니까요.

깡총한 단발머리 동희처럼 작은 몸짓으로 독립을 꿈꾸었을, 일제강점기 수많은 동희들에게 자꾸 고개가 숙여지네요. 힘들고 암울했던 시절을 버티고 살아낸 힘으로 우리들이 평화를 누리고 있음에 감사드립니다.

『행운당고의 비밀』을 흔쾌히 책으로 내준 이지안 님에게 고마움을 전합니다.

2020년 새로운 해를 열며
김현주

행운당고의 비밀

글 김현주
그림 이준선

펴낸이 이상용
펴낸곳 딱지
기획편집 이지안
디자인 서경아, 남선미, 서보성

출판등록 제2018-000063호
이메일 3h-202@hanmail.net
전화 편집 070-4086-2665
　　　마케팅 031-945-8046 (팩스 031-945-8047)
초판 1쇄 발행 2020년 1월 20일
2쇄 발행 2020년 5월 20일
ISBN 979-11-88434-24-4 (43810)

- 이 도서는 한국출판문화산업진흥원의 '2019년 출판콘텐츠 창작 지원 사업'의
  일환으로 국민체육진흥기금을 지원받아 제작되었습니다.

- **딱지**는 마인드큐브의 어린이 청소년 브랜드입니다.